# 王子公主診療所

# 童話
## 心理學教室

Reading fairy tales with psychologists

潘啟聰 著

非凡出版

# 目錄

# 前言

這是一本既搞笑又認真的心理學入門讀物。

筆者在寫〈前言〉之前，特意向編輯朋友請教了這一章寫甚麼才好。編輯朋友說：「以點題的方式交代這本書的主題吧！好像去年那本《完全鬼故事寫作指南》，不少我的朋友都以為是教人作文的書。可是，當我提到那書原來是用心理學的理論探討鬼故事何以令人恐懼時，他們都表示有興趣看看。」我思前想後，於是就以「既搞笑又認真的心理學入門讀物」去描述此書。

先講認真的部分吧！本書藉由童話故事的分析介紹了不少的心理學理論和概念，書中所介紹的理論和概念都是專業的資料。筆者在大學時主修心理學，第一個博士學位的畢業論文是以心理學的理論分析一位名叫蘇曼殊的作家，現又正在攻讀另一個主修心理治療的博士學位。再者，筆者在大學裏亦已任教心理學多年了，曾講授過的科目就有心理學入門、壓力管理、華人本土心理學、個人成長等。學術上出版過《當文學遇上心理學——文藝心理學概論》《東亞地區佛教心理學發展探析》《行雲流水一孤僧：蘇曼殊及其六記之文藝心理學分析》等與心理學相關的書籍。因此，本書可被視為一本專業的心理學入門書籍。書中涉及多個心理學入門書籍常見的概念和主題，它們包括：心理學研究方法、父母教養模式、愛情三角論、哀傷的五個階段、性別角色的獲得和學習、睡眠的研究、人生八階理論等。

其實，筆者研習心理學多年，自覺心理學是一門極為有趣的學問，希望藉本書同各位讀者分享。首先，心理學家常常為我們帶來不少意想不

到的驚喜。各位有沒有想過有心理學家因為研究「學習心理」了得，故被邀在戰時設計導彈呢？各位有沒有想過有心理學家的實驗多於一次被人拍成電影並搬上大銀幕上放映呢？另外，心理學的研究往往讓我們了解自己多一點。各位想不想知道父母對我們的個性形成有怎樣的影響呢？各位想不想知道當自己走到某個年紀時，有甚麼將會成為我們最關心的事呢？還有，心理學家有時更能為我們的生活提出一些有用的建議。各位有興趣知道甚麼是完美的愛情嗎？各位有興趣知道如何令一段愛情更為長久嗎？以上的問題，各位讀者都能夠在本書之中找到答案。

另外，認真的不單止心理學理論部分，筆者亦確確實實想藉這個機會讓大家（包括自己）都反思一下兒時都在讀些甚麼故事。童話故事在我們的文化中佔有很重要的一席位。或因閱讀之故，或因電影之故，或因某主題公園之故，我們一生之中都不乏接觸童話故事的機會。「童話」二字在我們的文化中幾乎就等於最美好的意思。例如，童話般的愛情、童話般的婚禮、童話般的生活等。不過，如果我們反思一下童話故事的內容，它們除了給予我們不切實際的幻想之外，還教會了我們些甚麼呢？比較之下，筆者很喜歡一部同被列為童書類的作品——《怪物來敲門》（*A Monster Calls*）。筆者亦順道在此向各位讀者推薦此書，它可是一本同時榮獲卡內基文學獎及凱特格林威獎的故事書。

依筆者對童話多年的閱讀經驗，童話異常「離地」[1]。好人是好人，壞蛋是壞蛋。好人必定做好事，壞蛋必定做壞事。好人有好下場，壞蛋必然受懲罰。在《怪物來敲門》中，怪物晚上找男主角，說有一個王子殺了自己情人，並冤枉身為女巫的王后，藉此推翻了她的統治而令自己成為國王。出乎男主角意料的是，這位國王登基後受萬民愛戴，快樂地統治國家，享盡天年。怪物藉由這個故事要讓男主角明白，這樣的故事才是真的故事。世上的人「並不是一直都是好人，也不是一直都是壞人。大多數

的人都介於兩者之間」[2]。童話往往給予人兩極化的簡單思維及不切實際的幻想。在筆者心目中，《怪物來敲門》中的訊息才是我們應該教予孩子的。

現實社會非常複雜，人有好有壞。這不是說要找好人做朋友，而遠離壞人。光是相信「要找好人做朋友」，這句話足以令人一生都找不到一個朋友，除非你身邊的人不是釋迦牟尼就是耶穌。因為「人有好有壞」最好的理解方法是指，同一個人身上有好的一部分，也有壞的一部分。例如，讀者可能有一位對下屬嚴苛刻薄，卻極為孝順父母的上司，你說他是好人還是壞人呢？讀者也可能有一位對情人不太忠誠，卻在對朋友時比關雲長更義薄雲天的密友，你說他是好人還是壞人呢？俗語說「防人之心不可無」，這不無道理，因為每一個人都有壞的一部分；但我們亦不需要對人性失去信心，因為每一個人都有好的一部分。世事複雜因而在真實社會鮮有非黑即白的情況，筆者認為「分寸」的拿捏往往最能反映一個人的智慧。這樣的生活智慧是在童話故事中找不到的。批判童話故事就正正是本書的另一骨幹！

好了！認真的說完，說說搞笑的吧！本來為吸引讀者，本書亦設有搞笑的內容。然而，執起筆來寫的時候，筆者亦不用故意地去寫搞笑或不正經的內容。因為如果一個人有健全的理智，他是很難正經地去讀完一個童話故事的。例如，筆者在讀灰姑娘的故事時，就想起中國歷史裏的亡國君主。灰姑娘的丈夫作為一位王儲，發動他的權力，在全國裏用一隻鞋找一個美女出來。這故事若寫在中國歷史書本中，那還會是一個浪漫的故事嗎？又例如，筆者在讀白雪公主的故事時，早就覺得白馬王子非常可疑。白馬王子與白雪公主相遇的情況可謂經典的場面。男主角漫無目的地騎着他的駿馬散步，與女主角甫一相遇便一見鍾情，而女主角這個時候是一具躺在棺材裏的屍體。如果將故事現代化，我們仍會覺得那是童話嗎？白馬王子駕着他的名車，途經 X 國殯儀館，愛上了靈堂裏的死者，並要求帶走

屍體！以上兩個童話故事大家都耳熟能詳，都知道筆者沒有加油添醋地改寫，它們本來就是如此的荒謬。或許讀者們之前讀的時候年紀太小，又或許沒有細心地閱讀，所以一直未有發現每一個童話都是仔細思考起來極為荒謬的故事。本書除了心理學的知識之外，筆者亦會將童話故事荒謬之處逐一展示。

希望各位讀者喜歡這本《王子公主診療所：童話心理學教室》！

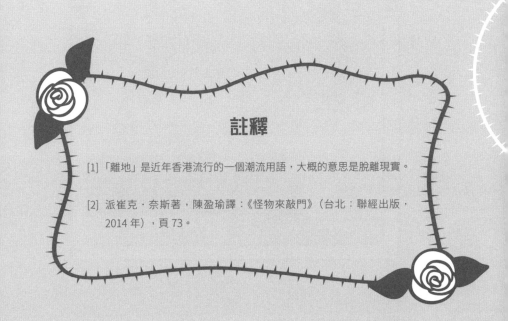

## 註釋

[1] 「離地」是近年香港流行的一個潮流用語，大概的意思是脫離現實。

[2] 派崔克・奈斯著，陳盈瑜譯：《怪物來敲門》（台北：聯經出版，2014 年），頁 73。

# chapter 01

# 灰姑娘的故事

## 雀鳥朋友帶來的愚昧之愛？

- ♛ 機心滿滿的灰姑娘
- ♛ 一直被忽略的王子

灰姑娘這故事，相信很多女孩子都很喜歡。灰姑娘的故事標誌着一種否極泰來的命運，她由一個被繼母苛待的女孩子，一個在家中幹粗活的女孩子，因在舞會場上迷住了王子，搖身一變成為了高貴的王子妃。不妨再俗氣一點說，她從銜泥燕一變，飛上枝頭變鳳凰了。

　　故事大約是講述有一個富人家庭，原本一家人樂也融融地生活着。可是，女主角的母親死了。故事的轉捩點就是父親續弦，又娶了一位女士。（妻死、續弦、惡後母……為甚麼在童話中老是常出現？）這位女士與其前夫生下的兩個女兒不但沒有跟女主角融洽地相處，更是讓她過着女傭般的生活。好端端的一位千金小姐、富人之女被迫在自己家中幹粗活，又要睡在爐灶旁邊，常常弄得一身灰塵，被繼母和兩位姐姐戲稱為灰姑娘（死了母親不是還有父親嗎，父親就不會好好疼愛自己女兒嗎？‧_‧）。

　　後來，國王為了幫助自己的兒子選妃，就計劃舉辦一個為期三日的盛宴。灰姑娘當然亦希望到場參加。然而，經繼母多番刁難之後，灰姑娘仍然是不被准許參加舞會。幸好得到雀鳥朋友的幫助，灰姑娘才得以參加王室的盛宴。盛宴開始後的每一晚，牠們為灰姑娘帶來了一套又一套的漂亮禮服和舞鞋（之後筆者呆望了家中的蜥蝪和烏龜很久……心想：你們好像沒有為筆者帶來甚麼好東西……（‧__‧））。美麗動人的灰姑娘到達舞會後，很快就吸引了王子的目光。王子見到灰姑娘之後，再也不和其他姑娘跳舞了。由於不想被父母發現，灰姑娘每一晚都提早離開。王子被她吸引得魂牽夢縈，當然不願灰姑娘離他而去。可是，灰姑娘還是每次都能夠成功地逃脫。到了第三晚，也是盛宴的最後一晚，因為急於離開的緣故，灰姑娘不慎留下了其中一隻舞鞋。被迷倒的王子拾起舞鞋向他的父王說一定要娶能穿上此舞鞋之女子為王妃。

　　此舞鞋的出現對不少女子而言，就好像是一張保證一生無憂的飯票。

也許，大多數人都在試一試之後，知道自己的腳不合適就放棄了。(其實，腳和鞋的關係又不是鑰匙和鎖一樣，合不合適只看尺寸罷了……難道灰姑娘的腳是畸形的？ ¬（￣д￣）┌）可是，世上就是有些蠢得很的人，就算要把腳趾切了，把腳跟砍了，也要試試把自己的腳穿進鞋子裏去。灰姑娘那兩位拖油瓶姐姐正是這樣的人。一個把大腳趾切了，另一個把腳後跟砍了……(天壽喔！這真的是童話故事嗎？那麼《恐怖旅舍》《恐懼鬥室》和《人形蜈蚣》都是一級電影了…… Σ(°△°|||)҂ ）不過，智力這回事，真的低處未算低……

以下是筆者讀到的故事原文：「王子看她穿好了鞋子，就把她當成了新娘，與她並排騎在馬上，把她帶走了。」之後，有一隻不知從哪個 Skinner Box 出來的、會說人話的鴿子唱道：「王子！王子！再找你的新娘吧，坐在你身邊的不是你的新娘！」王子才開始心生疑竇，然後：「王子聽見後，下馬盯着她的腳看，發現鮮血正從鞋子裏流出來，他知道自己被欺騙了。」（真該死！在找回你心儀的女子期間，王子你雙眼都望哪裏了？你有戀足癖嗎？（ˋ ㄏ ´)=3）在最後一次到訪灰姑娘家時，灰姑娘才有機會出來見王子。這次王子把舞鞋拿給她穿，並走上前仔細看清楚她的臉，這才有了灰姑娘飛上枝頭變鳳凰的故事結局了。可喜可賀啊！

　　真的可喜可賀？

# 機心滿滿的灰姑娘

不知道各位讀者有沒有留意到，故事中有一組非常重要的角色，如果沒有這組角色，灰姑娘是沒有可能成為王妃的！

好吧！筆者不賣關子了。那組角色是一眾的雀鳥朋友們。

在故事之中，雀鳥朋友們是非常重要的角色。第一，灰姑娘之所以能夠一關又一關地通過繼母的刁難，那是因為雀鳥朋友們的幫忙。例如，繼母一而再地將一盆盆的豌豆倒進爐內的灰燼裏，命令灰姑娘要在兩小時內把它們都揀出來。結果，是鴿子、斑鳩和一群小鳥幫她把豌豆都揀出來。第二，繼母藉口灰姑娘沒有體面的服裝，因而不許她出席舞會。結果，又是樹上的小鳥為她帶來了一套又一套的禮服和舞鞋。第三，（粗心大意的）王子之所以沒有娶錯王妃，把灰姑娘的姐姐帶回城堡成為他的新娘，也是因小鴿子在樹上出言提醒（(╯ ˋ□')╯︵┴─┴ 粗心大意應該都有個底線吧！？）。由以上的故事內容可見，若要為灰姑娘的故事另起一個新名字，嗯⋯⋯叫作〈聰明的小鳥們〉，或〈育成王妃的小鳥們〉，或〈進擊的小鳥們〉⋯⋯應該能把握故事的主旨吧！

不過，我們又不是故事中的蠢王子，怎麼會這樣單純地相信灰姑娘和她來路不明的小鳥朋友？！各位讀者們，你們相信世上有小鳥會平白無故地替人辦事、為人獻上美麗的衣裳、為人提醒她的蠢情郎？筆者就不信。看看 Discovery Channel 吧，小鳥們為了自己的生活都忙得不可開交。食物又不是從天而降，平時最忙就是要去找蟲子吃了。外出的時候還要慎防自己成為別人的食物。為了可以繁衍後代，小鳥又要銜草築巢，比拼羽毛的漂亮和歌聲的洪亮。不少雀鳥更會留意天氣，遷徙到溫暖的地方

灰姑娘的故事：雀鳥朋友帶來的愚昧之愛？

過冬。根據故事中所述：「後來她（指灰姑娘）想要甚麼，小鳥都會給她帶來」，灰姑娘的「雀鳥朋友們」肯定被她豢養已久，而且在訓練牠們時更是下了不少工夫。

要了解灰姑娘與小鳥之間的關係，筆者首先要向大家介紹一位心理學界的遛鳥達人——史金納（Burrhus Frederic Skinner，1904－1990）教授。史金納教授可以說是上世紀其中一位最出色的心理學家。他是操作條件作用學習理論（Operant Conditioning）的創始人和行為矯正術的開創者。與一般的學者不同，他的影響力不只在學術界中。由於他對於學習心

理有傑出的研究成就，在第二次世界大戰期間，他曾為美國科學研究和發展總署研究和開發用鴿子去導航飛彈和魚雷。史金納教授因他的貢獻而獲得不少榮譽和獎項。他在 1958 年榮獲美國心理學會傑出科學獎及總統科學勳章，1968 年獲美國政府授予國家科學獎，又於 1971 年獲美國心理學基金會贈給他一枚金質獎章。[1]

等一等！讀者們可能會很好奇，在上一段裏筆者竟然寫：「用鴿子去導航飛彈和魚雷」，這是不可能的吧？！各位親愛的讀者，你沒有看錯，筆者亦沒有寫錯。史金納教授運用他開創的操作條件作用學習理論，有能力讓鴿子去認字、打乒乓球，甚至是導航飛彈和魚雷。

其實，史金納教授訓練鴿子的方法很容易被理解。大家只需要明白一個概念便可以了，那就是「強化」（Reinforcement）。「強化」伴隨的反應是行為的加強。如果我們提供合適的「強化物」（Reinforcer），我們就能夠使個體增加某特定行為的次數，亦即是使某一反應更為經常[2]。「強化」又可按呈現方法之不同而分為兩類：「正向強化」（Positive Reinforcement）和「負向強化」（Negative Reinforcement）。「正向強化」是提供個體一些他喜歡的東西，從而增加他作出某特定行為的頻率。如果用一個生活化一點的例子，每當你的寵物做對了某些事情，你會給牠零食。背後的原理與「正向強化」一致，你希望牠往後會繼續作出正確的行為。「負向強化」雖然同樣是以提高某特定行為的頻率為目標，但是手法卻不一樣。「負強化物」是藉由消除掉某些個體不喜歡的東西來增加他作出某特定行為的頻率。例如，你的弟弟不喜歡幫家裏做家務，為鼓勵他溫習功課，你的母親跟他說：「只要你每做完三份練習，我就免去你一次幫手洗碗吧！」為了獲得「免洗金牌」，相信你的弟弟同樣會增加做練習的次數。

在了解甚麼是「強化」之後，我們看看史金納教授是如何訓練鴿子吧！首先，我們要明白鴿子們是動物，故而也有脾氣彆扭、情緒不好、口味不同的情況。到底我們如何才能夠確保，我們所提供的「強化物」是鴿子們一定會想要的呢？史金納教授想出了一個很聰明但也蠻殘忍的方法。他把他實驗室內的鴿子全都餓得只剩下正常體重的三分之二，藉此確保食物永遠是鴿子想要的「強化物」。之後，相信大家都可以想像到，他要鴿子做甚麼都可以了！例如，為甚麼史金納教授可以令鴿子見到「啄（Peck）」字會啄牆壁，見到「轉（Turn）」字會轉圈？鴿子雖然是不可

能有閱讀能力的，但可以辨認形狀。每當「啄（Peck）」字出現而牠啄牆壁的話，食物就會出現；而當「轉（turn）」字出現而牠啄牆壁的話，食物就不會出現。這就會加強鴿子見到「啄（Peck）」字就啄牆壁之行為，學習「轉（turn）」字時亦是同一個道理。因此，在我們眼中就好像是鴿子會認字和閱讀一樣。又例如，為甚麼史金納教授可以教會鴿子打乒乓球呢？道理很簡單，只要鴿子令乒乓球在桌子對面掉下，牠就得到食物；相反，若乒乓球在自己一方桌子掉下，牠就得不到食物。這樣你就會見到兩隻鴿子真的如乒乓球比賽般，球來球往地抽擊起來呢！

會把豌豆從灰燼裏都揀出來？會為灰姑娘帶來一套又一套的禮服和舞鞋？會在王子選錯妃的時候出言提醒？哪有這麼多的巧合？！看來灰姑娘在訓練鴿子替其辦事方面，真的下了不少工夫呢！看來要做灰姑娘的「雀鳥朋友們」，捱餓的經歷是少不免的了⋯⋯

# 一直被忽略的王子

灰姑娘的故事之所以吸引人，那是因為大家都把焦點放在否極泰來的女主角身上。不過，有沒有人仔細研究過故事裏的王子呢？王子的人物設定如何？他的品性如何？他是否一個可以付託終身的男人呢？王子與灰姑娘之間的愛情真的到了「君當作磐石，妾當作蒲葦。蒲葦紉如絲，磐石無轉移」的地步嗎？

筆者就此思考了許久，更發現若從王子的視角來講一次灰姑娘的故事，其實一點也不浪漫……

## 王子視角版本

　　我是一個舉國無雙的富二代，因為我的父親是一位國王。因此，我一向過着最優越的生活，吃穿用度都是最好的。我當然十分享受這樣富裕顯貴、無比愜意的生活。可是，我的父王卻想我早日完婚。我的父王認為結婚成家，娶妻生子能給子民留下一個成熟穩重的印象。作為王位的繼承人，總不能讓別人看到我經常流連夜店，身邊的女伴日日都不同吧？他嚴厲地對我說：「你將來要繼承我的王位，你就要乖乖地給我去選個王妃！」我可以不同意嗎？因此，父王為我在那豪華的家中舉辦了一場盛大的派對，邀請國內年輕又漂亮的女生來參加。我亦答應了父王在當中選一位女生當自己的新娘。在派對的第一天，我到處跟漂亮的女生搭訕和跳舞。派對上所有的女生都很美，而且為了成為王妃，她們極力向我展示她們最好的一面。老實說，我的確樂在其中。然而，諸多美人在前，要我選定其中一位成為我的新娘委實不易。直到她的出現！

　　恕我膚淺，我被她漂亮的外表吸引着，竟和她跳了一整晚的舞，而完全忘卻了其他美人的在場。整個晚上我的目光未曾離開過她……她那醉人的美貌令我連她叫甚麼名字都忘了問。忽然她說她想要回家了，我當時一心想知道她住在哪裏，於是便像跟蹤狂一樣緊追不捨。可是，到最後仍讓她走掉了。

　　她實在有傾國傾城之姿，令我夢魂縈繞。派對舉行了三晚，我完全離不開她，沒有理會其他女生。每一晚她離開舞會的時候，我都在她後面跟蹤。可是，每晚都讓她逃掉了。幸好，在第三晚她留下了一條讓我有機會找到她的線索——一隻舞鞋。唉！全怪自己不

灰姑娘的故事：雀鳥朋友帶來的愚昧之愛？

好，只顧望着她美麗的臉龐、婀娜的身形、妙曼的舞姿⋯⋯一連跳了三晚的舞，連人家的名字也不知道，教我怎樣找回她呢？還好我是一個富二代，一個有王室血統的富二代。於是我便動用王族富二代的權力：求父王派人去把那女生找回來。

不過，說穿了我和那女生其實只見了三晚，不久之後我都快忘了那女生的樣子了。不知道她的背景資料，無法直接到她住處找她。沒有她的名字，這樣亦沒法子派員到處問人。對她只有依稀的印象，也沒法子請畫師畫出她的肖像張貼皇榜找她。還好我手上有她的鞋！於是，我便請父王派員挨家挨戶找女生試穿此鞋，說要娶能穿上這隻舞鞋的姑娘。唉！怎想到有人切腳趾砍腳跟都要穿上這鞋。幸好在路上有小鳥提醒了我，否則我早就把兩個不相干的女人接回家做新娘了。最後，憑着她留下的舞鞋，我終於找到那位女生了！

⏺ ⏺ ⏺ ⏺ ⏺ ⏺

以上的一段文字，是筆者自問在（儘量）沒有添鹽加醋的情況下，嘗試由王子的視角重寫了一次灰姑娘的故事。浪漫嗎？看畢王子視角版本，灰姑娘的人生真的將會迎來一個美好的結局嗎？（如果這位王子出現在中史書而不是童話故事書，不如大家想一想那會是一個怎樣的故事吧？（⊙ㄩ⊙））

為了解這一段不知是可歌還是可泣的愛情故事，筆者向各位讀者介紹另一位心理學家——史坦伯格（Robert Jeffrey Sternberg，1949－）教

授。史坦伯格教授是發展心理學的權威性專家。他所撰寫的心理學教科書是不少大學指定的教科書。他曾就「愛情」的課題作出研究，並提出著名的「愛情三角理論」（或稱為「愛情三因論」）。根據他的「愛情三角理論」，愛情由三個重要組成元素，當中包括親密（Intimacy）、承諾（Commitment）及激情（Passion）。親密是指一種想與對方親近、真心交流、相知相惜的溫暖感覺；承諾是指一種相互的認定，決心與對方維持彼此間關係；激情指的是肌膚之親的慾望，來自外表的吸引力和性的驅動力。親密、承諾及激情只是基本元素，它們可以組合成八種不同類型的愛情（見下表）。

| 種類 | 組合 | 描述 |
|---|---|---|
| **無愛**<br>**No Love** | 三個元素俱無 | 沒有愛情，街頭上的陌生人便是好例子。 |
| **喜歡**<br>**Liking** | 親密 | 只有友情般的感覺。 |
| **迷戀**<br>**Infatuated Love** | 激情 | 一見鍾情式的感情，可是熱情很快就退卻，例如一夜情的關係。 |
| **空洞的愛**<br>**Empty Love** | 承諾 | 古代盲婚啞嫁是很好的例子，在根本不認識對方，連樣子都未有見過的情況下就締結婚盟。 |
| **羅曼蒂克的愛**<br>**Romantic Love** | 親密＋激情 | 在現代社會中，這是很多戀情的起點。一方面被對方外表所吸引；另一方面又願意真心地交流，多了解對方；只是在戀情的早期，暫未有長相廝守的打算。 |

| 種類 | 組合 | 描述 |
|---|---|---|
| **友伴式的愛**<br>**Companionate Love** | 親密＋承諾 | 老夫老妻是很好的例子，雙方相知相惜，且承諾終身，但由於年老色衰而激情退減。 |
| **愚昧之愛**<br>**Fatuous Love** | 激情＋承諾 | 現代社會有一種叫「閃婚」的現象是很好的例子，由於剛認識時滿懷激情而許下承諾，可是實際上並沒有清楚認識對方，親密感很低。 |
| **完美之愛**<br>**Consummate Love** | 親密＋承諾＋激情 | 是理想的戀愛關係，三種元素皆包括在內，極為少數人可以達到。 |

● ● ● ● ● ●

　　不如我們試一試運用史坦伯格教授的理論去分析灰姑娘與王子的愛情吧？！故事裏灰姑娘與王子是否早已認識並相知相惜呢？非也。從灰姑娘與王子在舞會中的表現來看，二人似乎是第一次見面，更遑論二人有深入的認識。灰姑娘與王子在舞會期間有沒有促膝談心，互相了解一番？沒有。二人只是一直在跳舞，王子似乎在三日盛宴過後連灰姑娘姓甚名誰都不知道，談何互相了解？（灰姑娘也很難一邊跳舞一邊與王子談心吧？【設計對白】灰姑娘踏第一步，然後說：「殿下，民女本為一名富戶的獨生女。」踏第二步，又說：「不過，娘親在民女小時候就因病身故了。」踏第三步，再說：「那該死的父親不甘寂寞，再娶……sorry呀！不小心踩到殿下……民女剛才說到哪裏？」這樣跳舞的話，王子應該會頭也不回地走開吧？）那麼，灰姑娘吸引王子明顯不是因為她的內在美了，到底是甚麼原因呢？

那不是簡單不過嗎？！那是因為灰姑娘「那無法用語言表達的美」。在被灰姑娘吸引以後，王子有嘗試了解她才產生想娶她的念頭嗎？沒有。就在舞會結束的第二天，王子已經向他的父王說：「我要娶正好能穿上這隻舞鞋的姑娘作我的妻子！」（天啊！都開了口說要娶人了⋯⋯連人家的名字都不知道⋯⋯有點兒⋯⋯（°一°〃））嗯⋯⋯經分析過後，灰姑娘與王子的愛情之間似乎只有「激情＋承諾」，屬於「愚昧之愛」一類⋯⋯

嗯⋯⋯祝兩位好運吧！

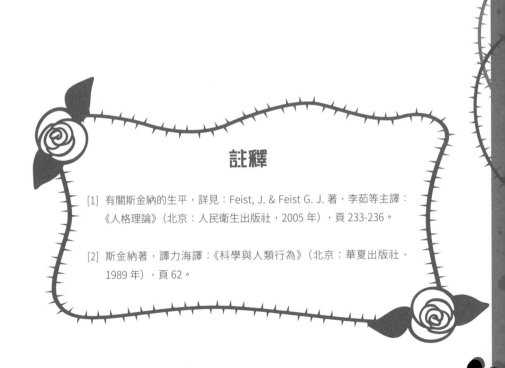

## 註釋

[1] 有關斯金納的生平，詳見：Feist, J. & Feist G. J. 著，李茹等主譯：《人格理論》（北京：人民衛生出版社，2005 年），頁 233-236。

[2] 斯金納著，譚力海譯：《科學與人類行為》（北京：華夏出版社，1989 年），頁 62。

# chapter 02

# 白雪公主的故事

## 白雪公主和白馬王子
## 是 Dream Girl 和 Mr. Right？

- ♛ 如果後母學會處理壓力
- ♛ 這位王子相當可疑

筆者好記得，第一次閱畢白雪公主的故事時，反應是驚訝得呆了。筆者讀完以後，問了自己許許多多問題。每一條問題都想不出答案……不如大家一起參詳琢磨一番吧！

　　為甚麼童話故事主角的家庭多數都父母不健全？
　　為甚麼鰥寡的父親都會不甘寂寞？
　　為甚麼後母通常都惡毒？
　　為甚麼王子總是容易愛上陌生的美女？
　　為甚麼公主的主角光環永遠都是那麼光亮？

　　最後一條問題在白雪公主的故事尤其明顯。其實，真的不知道為甚麼「白雪公主」和「白馬王子」在我們的文化中會成為了 Dream Girl 和 Mr. Right 的代名詞。筆者既不想找一個白雪公主般的蠢女人做妻子，亦不想當別人的白馬變態王子。好吧！先簡單講一講這個耳熟能詳的故事吧！

　　有傳某國的王后生了一位公主。又有傳在某年嚴冬，那王后正在臨窗作針黹。她看着窗外大雪紛飛時，一不留神就被針扎到手了。又有傳她的手指流了三滴血，剛好落在飄進窗子的雪花上（格林兄弟難道未見過下雪嗎？只流了那兩三滴血都能滴中雪花……曲奇餅那麼大都未必能滴中吧？他們以為雪花有多大粒？（一＿一)!!）。再有傳王后看到白雪上的鮮紅血滴，忽然心有所感地祝願女兒的肌膚長得白裏透紅，猶如雪上血滴的畫面。之後，她的女兒漸漸長大，果真有雪一樣白嫩的皮膚，雪白的皮膚下又透着血一樣的紅潤，故此王后就給她取名為白雪公主（白雪公主如果聽到母親談滴血的經歷，一定好慶幸母后不是打翻咖啡在雪上。(；一＿一)）也許讀者們還想問那位王后，為甚麼公主不是一出生就替她取名字，而是漸漸長大後才取名字？不過，應該都難以有答案了。因為根據故事，公主還沒有長大，這位奇怪的母后就死去了。

人生無常，死去就死去吧！作為一位公主，白雪公主總會有些乳母、嬤嬤、宮女等傭人照顧，若說她的父王想白雪公主在母親的照料下成長而續弦，那是說不通的。所以，不要怪筆者先入為主地責怪她的父王。要不是他不甘寂寞，又另娶個女人當王后，白雪公主之後的悲慘命運其實可免發生（別忘了，這女人是一名絕色美女……王上，您真的很會娶……(σ°∀°)σ）。講一講這位後母，這位新王后有一面會說話的魔鏡；故事指她精於易容，為了害公主就扮過老太婆和老農婦；另外，王后更是一名暗殺高手，她曾嘗試用帶子勒死白雪公主，又連番製毒嘗試毒殺公主；王后同時輕功十分了得，白雪公主明明在森林裏徘徊了一整天才到達的小矮人住處，王后每每不消半天就完成了「去小矮人住處＞殺公主＞夜晚來臨前回到城堡問魔鏡」的腳程……筆者猜她的人物設定大約是一位自戀程度極高的武林高手吧？！難道國王是用比武招親來找老婆嗎？

背景人物講完了，那麼白雪公主的故事是一個怎樣的故事呢？嗯……在筆者心目中，〈白雪公主〉是所讀過的童話故事中最為恐怖的。對！〈白雪公主〉是一個恐怖的故事，一個細思極恐的故事。

◆ 第二任王后的本領多麼的高強，這樣的女人為甚麼會願意成為國王的繼室呢？殺害白雪公主真的只是因為爭妍鬥麗嗎？

◆ 白雪公主開始被人反覆地殺害時只有七歲。七歲女孩的美麗可愛與成年女人的成熟艷麗真的可以作比較嗎？王后真的傻傻分不清嗎？

◆ 上一句有另一個重點，那是「被人反覆地殺害」。白雪公主有不死族的血統嗎？日間被人用胸帶勒至缺氧，晚間才施救，窒息了至少半天都死不了。還有，公主的抗毒性可真奇高，外敷（毒梳梳頭）內服（食用毒蘋果）都殺不死她。她真的是人嗎？

- 白雪公主的智商因那次缺氧變零了吧？短時間內接受了一連四次的刺殺（帶去森林殺、胸帶勒死、毒梳梳頭毒死、食毒蘋果毒死）好像都沒有學會甚麼似的。在第四次死過翻生的時候，一睜大眼就有一名可疑的陌生男子跟她說：「我愛你勝過愛世界上的一切，走吧！與我到我父親的王宮去，我將娶你做我的妻子！」她居然同意了……傻的嗎？

- 還有，公主的父親去了哪裏？故事中除了「國王爸爸又娶了一個妻子」之外，就再沒有見過了。國王您這角色到底在幹甚麼？您老婆想知自己美不美，問鏡子都不問您。您的女兒被人殺完又殺的時候，您在哪裏插科打諢？

- 白馬王子其實又極為可疑，他一定有一些不可告人的秘密……下文再繼續講吧！

　　總而言之，筆者覺得白雪公主的故事把許多自詡為恐怖故事的作品都比下去了。

# 如果後母學會處理壓力

　　其實，故事（撇開我的疑惑，純粹按照字面的意思去理解）主線是因為白雪公主的後母無法接受世上有人比她更美麗，妒火中燒起殺機，從而才展開一連串的劇情。先暫且放下陰謀論的想法，不去懷疑後母殺公主是否別有用心，就當作她真的是嫉妒（七歲的）白雪公主比自己漂亮。其實，讀者們是否同意這「我一定要是世上最美」的想法是異常不合理的呢？第一，世上對美的看法既沒有單一的標準，也會受時代和文化的影響。西方文化的美，東方文化的美，巴東族（別稱為長頸族）的美，摩爾西族（別稱為唇盤族）的美，唐代人的美全都不一樣。魔鏡根本是胡亂回答的（突破盲點！這故事的奸角根本是魔鏡！）……第二，王后難道不會年華老去嗎？不要說別的女子會不會越長越漂亮，王后自己都會越來越衰老吧？難不成到了王后六十大壽時，壽宴上的助興節目是把世上所有的年輕女人通通都殺光？所以，白雪公主的故事根本與其美貌無關，而是跟後

母的腦子有關。由於王后腦子裏的不合理想法，導致她產生了心理壓力，並由此衍生了後來的事件；亦由於王后沒有改變她那不合理的想法，故事最後她落得一個鬱鬱而終的下場。

談到不合理的想法，我們不能不認識一位有名的心理學家。他被認為是最具影響力的心理學家之一，被稱為理性情緒行為療法之父，他就是艾利斯（Albert Ellis，1913－2007）。在 2007 年，*Psychology Today* 這本雜誌有一篇艾利斯的專訪，報道中稱他為美國最偉大的在世心理學家（America's most eminent living psychologist）[1]。艾利斯本來主要接受精神分析學派的訓練，但在 1953 年開始嘗試倡議一種新的心理療法。至 1993 年，該療法正式命名為現今在業界廣為人知的理性情緒行為療法（Rational Emotive Behavior Therapy, REBT）。

REBT 以一個非常簡單的方式描述了情緒產生的機制，那就是 ABC 理論。艾利斯認為我們一般人對情緒的產生充滿誤解。一般人以為我們感到幸福快樂，那是源於生活愜意；我們感到苦不堪言，那是因為面對困難和失敗。艾利斯告訴大家，這樣的想法是不正確的。REBT 中著名的 ABC 理論為情緒產生提出不一樣的觀點。一如它的名字，ABC 理論指出情緒的產生是一個由 A 到 C 的過程，當中不能夠忘記有 B 的存在。A 是誘發事件（Activating Event），B 是信念（Belief），C 是結果（Consequence）。以為困難失敗的出現即令我們感到苦不堪言，這正正是由 A 到 C，卻忘了當中有 B 的想法。如果這樣說有點抽象，筆者可以舉一個觀察到的實例作解釋。

從一般人的角度而言，若有學生將要面對考試，那麼他們一定是會緊張的。不過，考試出現（誘發事件）就會情緒緊張（結果），按照 REBT 的理論而言就是上述所謂「A＞C」的誤解。作為多年的讀書人，筆者的經驗和觀察是符合 REBT 理論所描述的。考試出現不一定會使得學生們

感到緊張，還要視乎他們對考試及自己能力的信念，即「A＞B＞C」。
通常像筆者這樣的學生，一方面心裏是在意成績高低，另一方面又能力
平平；既不敢自詡為天才，又不算是無可救藥的蠢蛋；努力不一定獲好的
成績，不努力卻一定會完蛋的。因此，每一次考試來臨時，筆者都會十分
緊張。考試前緊張自己溫習的方向對不對，緊張自己下的工夫夠不夠多；
考試期間緊張自己夠不夠時間答卷，緊張自己有沒有把所記得的都寫下
去；考試後緊張自己有沒有失手而不自覺，緊張自己最終獲怎樣的分數。
可是，筆者又留意到，有兩類型的同學是從不感到緊張的。一種是天才型
的同學，考試對他們來說從來都是 Show Time，用來顯示自己鶴立雞群
的地位。另一種是莊子型的同學，分數對他們來說從來都是浮雲，不管是
在課堂上還是在試場裏他們都有一種「揮一揮筆桿，不帶走一點分數」的
飄逸。為甚麼有這樣的差異呢？根據 REBT 的理論，那就是源於 B 的不同。

| 人物 | A＞B＞C |
| --- | --- |
| **我** | 考試＞恐自己力有不逮，又在意成績＞害怕考試失敗 |
| **天才型** | 考試＞雖在意成績，但胸有成竹＞只會期待考試成功 |
| **莊子型** | 考試＞不介意成績＞對考試沒有甚麼感覺 |

　　由以上的比較可見，同樣是學生亦同樣是面對考試，大家都不一定有
相同的反應。那是基於信念的不一樣而產生了不同的情緒。艾利斯提出的
理論雖然一反一般人的常識，卻倒是解釋情緒產生的真知灼見。REBT 理
論的貢獻更非止於此。光是解釋情緒的產生對心理學家而言是不足夠的，
心理學的其中一個目標是要改善人的生活質素。艾利斯藉由 ABC 理論指
出，若然 B 是合理信念，那麼這些想法可以幫助人感覺健康、行動有效，
能夠更有效地達到想要的目標。可是，若然 B 是不合理信念，所有的事情
都會變得相反。持不合理信念會令人感覺不健康、行動無效，往往難以達

到想要的目標。如果人固執地持有某些不合理信念時，他們將會有可能讓自己產生不必要的痛苦。

艾利斯在 1956 年提出了十二種基本的不合理信念。後來，在其《理性情緒》（*How to Stubbornly Refuse to Make Yourself Miserable About Anything: Yes, Anything*）一書中，艾利斯又將最初的十二種不合理信念概括為三大類不合理信念，當中包括：

◆ 我一定要表現良好並且贏得重要人士的支持或者我一定要贏得重要人士的認可，否則我就是一個不夠好的人。

◆ 你一定要公平地對待我，為我着想，不能讓我很生氣，否則你就是一個爛人！

◆ 我的生活環境一定要提供給我所想要的一切，應該讓我遠離傷害，否則生活就難以忍受，我也再不會幸福了。

艾利斯發現，許多尋求他幫助的來訪者之所以感到苦惱，都與他們有意或無意地持有「一定要」的信念有關，正如白雪公主的後母一樣。王后的不合理信念可謂屬於第一類。由於她對自己的美貌抱持着「我絕對必須是世上最美的女人」，結果她「不合理地」得出了這樣的結論：「我的美因為白雪公主的存在沒有達到『絕對必須』那樣的標準，這真是太糟糕了，這可不只是難堪，這是要多壞有多壞，這簡直是世界末日！」故此，王后就作出一堆極端的行為，派人殺害、親手勒死、多次毒殺一名七歲的小女孩等。到了最後，白雪公主嫁了王子。試想想潛入他國王宮殺王妃是多麼困難之事！由於不能殺掉比自己美的公主，王后自知第一美人不再屬於她了，因而落得一個鬱鬱而終的下場。可悲啊！如果她懂得處理自己的情緒……唉！

# 這位王子相當可疑

　　某日，一名富商的兒子正坐在他引以自豪的座駕裏在城中四處奔馳。當那富二代沉醉於那昂貴的引擎所發出的「隆隆」聲時，他不知不覺地駛進了紅磡區。就在他經過 X 國殯儀館的時候，富二代無意間望見地下靈堂的堂上遺照。就在那一刹那，他就像丟了魂似的。他感到相片中的死者容貌驚為天人，他心想：「這是我看見過的……不！也許，在未來一生之中，我再不可能見到如斯貌美的人！」他立即丟下他的名車，跑到靈堂裏細看死者的遺容。一如富二代所料，親眼看到的遺體果然是美艷不可方物。於是，他向靈堂裏的親友提出買下遺體的請求。親友們當然不答應。富二代不停地遊說死者的親友，不斷的懇求、哀求，甚至於乞求。親友們看到他如此誠懇，終於被他的誠意所打動，同意讓他把遺體帶走。

　　各位讀者們，以上的故事很荒謬吧？不過，這可是不折不扣的，來自〈白雪公主〉故事的情節啊！王子騎白馬入森林，偶爾拜訪了七位小矮人，並見到躺在玻璃棺材中的陌生女子遺體。王子立即變得異常激動。一會兒要向小矮人買走白雪公主和棺材，一會兒又對他們苦苦哀求。這樣才打動了小矮人，讓他帶走白雪公主的遺體。所以，如果讀者們覺得上述富二代的故事有多麼不合理，〈白雪公主〉的故事就同樣有多麼的不合理。王子的角色真的可說是「相當有可疑」。為甚麼他會有買走一具遺體的慾望呢？為甚麼他會願意娶一位素未謀面的、而且更是剛死而復生的女子呢？誰人能夠對一位陌生的女子說出「我愛你勝過愛世界上的一切」的情話呢？甚麼人會娶一個小女孩為妻子呢？

　　咦？等一等！讀者們應該留意到了，筆者最後一條問題是用「小女孩」來形容白雪公主。未知各位在讀〈白雪公主〉的故事時有沒有留意

白雪公主的故事：白雪公主和白馬王子是 Dream Girl 和 Mr. Right？

故事的時間發展呢？！故事開始的時候，作者指「白雪公主還沒有長大」她的母親就死了。之後，魔鏡首次對後母說「白雪公主要比你更加漂亮」一語時，白雪公主那時是七歲，繼而引發後母叫僕人殺死白雪公主。就在僕人帶公主到森林準備殺死的同日夜晚，白雪公主就到了小矮人的家裏並住了下來。就在僕人回宮覆命後，王后已透過魔鏡得悉公主沒有死。之後的故事情節就是王后反覆地進行「去小矮人住處＞殺公主＞夜晚來臨前回到城堡問魔鏡」的行刺活動。因此，當白雪公主躺入玻璃棺材的時候，她大約仍是一個七至八歲的小女孩吧。既戀屍又戀童……這位王子的心理障礙問題可真不少……

　　不如我們就藉此機會，講一講心理障礙的問題吧！其實，有許多人對心理問題都很有興趣，卻可惜只有一知半解。在讀大學的時候，筆者不太喜歡到處宣揚自己是主修心理學的。其中一個原因是，不少知道筆者讀心理學的朋友會事無大小都跑來找筆者「輔導」。昨日才分手當然會感到

傷心，傷心不到一日就走來問筆者：「我是不是有抑鬱症？」面臨考試不少人都會緊張和感壓力大，坐立不安才一兩天就走來問筆者：「我是不是有焦慮症？」在人生之中難免有擔心到神不守舍的時候，可是因一時失神就問筆者：「我是不是有精神病？」那又是否太誇張呢？或許，以上描述的心情各位都試過（筆者自己也不例外）；那麼，我們是否全都有心理障礙呢？

在心理學家眼中，當指某人患有心理障礙時，那是甚麼意思呢？「正常」的心情不好與「不正常」的心理障礙之間有沒有清楚的界線呢？心理學家和其他臨床工作者是如何判定一個人甚麼時候才算是「不正常」呢？根據《精神障礙診斷與統計手冊（第五版）》（*Diagnostic and Statistical Manual of Mental Disorders* Fifth Edition，簡稱 DSM-5）的定義：

> 精神障礙是一種綜合症，其特徵表現為個體的認知、情緒調節或行為方面有臨床意義的功能紊亂，它反映了精神功能潛在的心理、生物或發展過程中的異常；而且精神障礙通常在社交、職業或其他重要活動中顯著的痛苦或傷殘有關[2]。

從以上的定義看來，我們可以知道偶爾的、因某一事件而一時之間感到情緒不穩（例如，戀人分手、父子吵架、上司苛責等），並非心理學家定義下的精神障礙。第一，若然一個人患上精神障礙，他除了情緒之外還有可能會在認知、行為、生理上出現異常。例如，當一個人患上重度抑鬱障礙的時候，他出現的問題絕非只有情緒上的傷感，他的認知可能會變得消極，如感到自己毫無價值、常常出現不當的內疚感；生理上亦會感疲勞或精力不足。第二，他會因精神障礙而出現功能不良或紊亂的問題，以至無法追求正常的生活目標。例如，當一個人患上廣泛性焦慮障礙的時候，個人方面常感到坐立不安，社交方面他亦容易被激怒；既無益於自己個人幸福，又容易讓他人感到受威脅。

著名的心理學家津巴多（Philip George Zimbardo, 1933－）就參考了現存說法，提出了七項可用以標識「不正常」的標準。當中包括：[3]

♦　痛苦或功能不良；

♦　不適應性；

♦　非理性；

♦　不可預測性；

♦　非慣常性和統計的極端性；

♦　令觀察者不適；

♦　對道德或理想標準的違反。

回想白馬王子在故事中的所作所為，我們當然不可能覺得一個有可能當國王的人，喜歡在街上購買美女屍體是一種正常的行為吧？！戀屍、戀童、乞求珍藏屍體……到底他符合了多少項上述用以標識「不正常」的標準呢？判斷白馬王子為一名患上精神障礙的人士，相信沒有人會有異議。

因此，以後若有人稱讚你：「嘩！你果真是一位白馬王子！」記得說不！

# 註釋

[1] Pelusi, N. (2007). Albert Ellis: Confident and Kicking. *Psychology Today* 2007 March. https://www.psychologytoday.com/intl/articles/200703/albert-ellis-confident-and-kicking. Retrieved on: 21/01/2022.

[2] 美國精神醫學學會著，張道龍譯：《精神障礙診斷與統計手冊（第五版）》（北京：北京大學出版社，2015 年），頁 18。

[3] 津巴多、格里格著，王壘、王甦等譯：《心理學與生活》（北京：人民電郵出版社，2003 年），頁 418。

# chapter 03

# 長髮公主的故事

## 中年危機引發的案件？

- ♛ 誰都想要萵苣姑娘，為甚麼？
- ♛ 王子，失去愛人不用跳塔

長髮公主這個名字可謂家喻戶曉吧？多得迪Ｘ尼的動畫電影和宣傳，原版故事反而不及改版故事為人熟悉。在《Ｘ髮奇緣》的電影情節中，女主角為王后所生的公主。因為覬覦公主頭髮的魔法力量，一名惡毒的老婦綁架了公主，並把她囚禁在高塔之內，斷絕她與外界的來往。後來，因遇上一名盜賊（電影的男主角），公主離開了高塔，展開了一系列的情節。故事最後又是老掉牙的大團圓結局：盜賊改過了，公主身份恢復了，男女主角結婚了，二人過着幸福快樂的生活 Forever……更改一下，更準確的說法是：二人過着幸福快樂的富貴生活。童話嘛！各位讀者甚麼時候見過童話的主角像武俠小說的主角一般，以澹泊名利又歸隱山林作結局。其實，只要細心想一想，大家都可以猜到那些兩袖清風的武林高手，其晚年可真兩餐陰功 [1]。試想像，大俠楊Ｘ領着政府的傷殘津貼，養着一隻食量不小的大鳥，與一個不諳世事、可能連買菜都會被人騙個缺斤短兩的老婆，一起住在連一張正經大床都沒有的家……唉！武林高手的晚年真可憐！童話可不能寫成這樣！因此，各位讀者可以留意一下，童話其中一條寫作的 Formula 是：不管男女主角哪一方本來只是窮人，去到故事結尾都一定能富富貴貴地結個婚，幸福快樂地生活下去。

那麼，長髮公主這故事的原裝正版又是怎樣的呢？正本清源，首先要指出以〈長髮公主〉為名，其實不符原著故事內容。「長髮公主」的出身與王室沒有任何關係，女主角只是一對普通夫婦產下的女兒。女主角雖然在故事結局終於與王室扯上關係而成為王妃了，但是女主角的長髮已被女巫剪了下來。因此，故事若要另改一個名字，大概應該叫〈短髮王妃〉吧！那麼，這故事原本的名字是甚麼呢？為甚麼不少的電影、動畫、周邊產品等都要改故事名字為〈長髮公主〉呢？答案十分明顯，那是因為原本的名字不太吸引。此故事原本的名字為 Rapunzel，它是一個德文詞彙，意指一種菜。中文譯做萵苣，因此故事原本的名字叫〈萵苣姑娘〉。「萵苣」這個詞我們在香港比較少用，它的另一個名字更為人熟悉──「生菜」。你們

看！〈長髮公主〉的名字是多麼的吸引！光是見到女性的長長秀髮已教人想入非非了，而且主角還要是一位公主！然而，若叫作〈生菜姑娘〉……讀者或許只會想到菜市場的故事吧！（由於故事來自西方，所以應該叫西生菜姑娘吧！Σ(°△°|||)）

　　言歸正傳，又讓筆者簡單地講講這個故事的主要內容吧！光是看這故事的前半部分，筆者以為這又是一個父母不好意思做性教育而胡亂編撰出來的故事。話說，故事開首講述不知何地何年何月何日冒出了一對好想生小孩的不育夫婦。這對夫婦隔壁住了一個女巫。女巫的家中有一個美麗的花園，花園中長了許多奇花異卉。男人的妻子某日看到女巫的花園中長着非常漂亮的萵苣，萵苣就立即勾起她的食慾。由於吃不到那些漂亮的萵苣，她感到痛苦不堪。時日久了，她變得臉色蒼白，神情憔悴（天啊！只是生菜而已！人家不知道還以為女巫研究出可以把鮑參翅肚、山珍海錯從田裏種出來……（⊙ _ ⊙））。然後，終於有一日，妻子對她的丈夫說了一句話。筆者第一眼還以為自己看錯了。妻子說：「如果我吃不到隔壁的生菜，我就會死掉」（【對白設計】丈夫心想：「夭壽喔！我到底聽了三小？」ₒ(´ д `ₒ)）於是，作為一名愛妻號男子，丈夫就在黃昏的時候過了隔壁，鬼鬼祟祟地去偷生菜。妻子吃了過後，竟慾罷不能，第二天嚷着要吃雙倍的份量。丈夫只好硬着頭皮又再去偷。這次丈夫才剛翻進女巫的花園，就見到女巫站在他的跟前。女巫當然是怒不可遏，丈夫亦只好連聲賠罪。在丈夫作出解釋以後，女巫漸漸消了氣，並對丈夫說：「你來摘多少萵苣都可以；不過，你妻子將來誕下的孩子要給我。你放心，我會待孩子如我親生的一樣。」為了妻子的性命，丈夫只好答應了（用孩子換生菜……真的划算嗎？(@~@)？）。後來，妻子果真誕下一名女兒。女巫來帶走了她，並給她起名為「萵苣」（如果筆者老爸把筆者的名字叫作「生菜」、「茼蒿」、「芥蘭」這一類，筆者寧願立即再投胎去了……）。這就是童話故事的上半部分了。這是一個吃生菜吃出孩子的故事，這也是一個用孩子換

生菜的蠢故事。(【對白設計】孩子問:「爸爸媽媽!你們是怎樣把我製造出來的?」爸爸答:「你不是讀過〈萵苣姑娘〉嗎?我給你媽吃生菜,之後你就出世了!」q(^ ^)ς)

# 誰都想要萵苣姑娘，為甚麼？

　　在動畫的情節中，為了解釋女巫何以需要綁架長髮公主，故事比原著加插了許多內容。動畫的故事以一朵女巫賴以保持青春長壽的神奇的花開始。因為懷孕的王后患病，而那神奇的花被用以醫治王后，所以後來花裏頭的魔力就轉到公主的金髮上。故此，女巫就綁架了公主，騙公主說自己是她的母親，並囚禁她在高塔中，定期由她的頭髮吸取所需魔力。為甚麼動畫需要加上這個情節呢？原本的故事沒有說明為甚麼女巫想要萵苣姑娘嗎？沒有。原裝正版的故事大約內容是指一男一女想要孩子，吃了女巫的萵苣就有了孩子；女巫又想要孩子，於是要求男子把其妻子誕下的孩子給她，更承諾「會讓她過得很好的，而且會像媽媽一樣對待她」。可能，動畫的編劇覺得有點匪夷所思吧？！於是就為女巫「領養」孩子的原因多作了一些補充吧！

　　然而，如果動畫的編劇知道艾瑞克森（Erik Homburger Erikson, 1902－1994）的理論，對於那對夫婦與那女巫的生育和領養之動機就能了然於胸。艾瑞克森是一位傳奇性的人物。在他的人生早年，他是一位藝術家，花了七年周遊法國、德國南部、意大利北部等地學習和從事藝術創作；可是，他最終卻是以精神分析學家、後佛洛伊德思想家、人類發展學教授的身份而聞名於世；他沒有任何學院的學位，曾攻讀心理學博士學位卻因感太難而放棄，大學預科畢業是他一生中最後的正規學歷；可是，他曾在馬薩諸塞州綜合醫院、哈佛醫學院和哈佛心理診療所擔任研究職位，亦曾在耶魯大學任職，最後成為加州大學終身教授和哈佛大學人類發展學教授。艾瑞克森是人類發展理論的學界翹楚，也是心理學界的傳奇性人物。[2]

艾瑞克森提出了一套心理社會發展階段（Psychological Stages of Development）的理論，並將人的一生分為八個階段。他指出一個人的自我成長、人格成熟與發展，和社會關係是不可分割的。人的成長不是一種一帆風順的過程，而是經受着一次又一次的衝突。這些衝突有來自自己內部的，也有來自外部社交的。人生中每一個發展階段都存在着這種衝突，艾瑞克森稱之為發展危機（Developmental Crisis）。危機的解決有助於自我力量的增強和對環境的適應；不成功的解決則恰好相反，會削弱自我的力量，阻礙對環境的適應。[3] 根據艾瑞克森的理論，人生可按其發展危機分為八個階段，那麼階段與階段之間又有沒有甚麼關係呢？答案很清楚，階段與階段之間是有着密不可分的關係。前一階段危機的成功解決將會為以後階段的良好發展提供基礎；不成功的解決則會造成發展阻礙，這些阻礙會累積起來，在將來有可能導致適應能力的削弱甚至喪失。

有關艾瑞克森所提出的人生八個階段，以下以表列的形式向讀者們展示：[4]

| 大致年齡 | 危機 | 充分解決 | 未充分解決 |
| --- | --- | --- | --- |
| 0-1.5 | 信任 VS 不信任 | 基本信任感 | 不安全感、焦慮 |
| 1.5-3 | 自主性 VS 羞愧與懷疑 | 知道自己有能力控制自己的身體、做某些事情 | 感到無法完全控制事情 |
| 3-6 | 主動性 VS 內疚 | 相信自己是發起者、創造者 | 感到自己沒有價值 |
| 6-12 | 勤奮 VS 自卑 | 豐富的社會技能和認知技能 | 缺乏自信心，有失敗感 |
| 12-18 | 同一性 VS 角色混亂 | 自我認同感形成，明白自己是誰、接受並欣賞自己 | 感到自己是充滿混亂的、變化不定的，不清楚自己是誰 |
| 18-24 | 親密 VS 孤獨 | 有能力與他人建立親密的、需要承諾的關係 | 感到孤獨、隔絕；否認需要親密感 |
| 24-65 | 繁殖 VS 停滯 | 更關注家庭、社會和後代 | 過份自我關注，缺乏未來的定向 |
| 65-死亡 | 自我整合 VS 絕望 | 完善感，對自己的一生感到滿足 | 感到無用、沮喪 |

長髮公主的故事：中年危機引發的案件？

為甚麼在故事中人人都想要萵苣姑娘呢？用艾瑞克森的理論來解釋不是再簡單不過嗎？那是因為人到中年，人們開始關心下一代。為人父母者會發現，在撫養和教育孩子的過程中，生活充滿了豐富多彩的、有意義和有趣的事情。為下一代奉獻自己的關愛的同時，父母亦豐富了自己的生活。至於沒有子女的成年人，他們也可以通過與年輕人的接觸而感受到這種生活的豐富。我們經常見到一些人去當義工幫助青年人，或照顧兄弟姐妹的孩子。按艾瑞克森的理論，他們就是通過做這些事來獲得滿足感。由此看來，萵苣姑娘的父母渴望生育下一代，就是因為中年人發展危機所驅使；同樣地，不用以吸取魔力去解釋女巫「領養」萵苣姑娘的行為，她只是一個面對自身發展危機，希望孩子為她的生活帶來色彩的中年女士罷了。

王子公主診療所：童話心理學教室

# 王子，失去愛人不用跳塔

大家都知道長髮是女主角最具標誌性的象徵，而她長居於高塔的故事情節亦是街知巷聞。不過，為甚麼女巫要把女主角像囚犯般困在高塔內呢？如果從動畫電影的劇情來看，故事有如此發展是說得通的。因為在動畫中，女巫的行為是綁架，她不希望任何人找到公主，她要獨霸公主長髮裏的魔力。可是，在原著之中，女巫不是答應了萵苣姑娘的父母像媽媽一樣對待她嗎？其實，作者在原著裏並沒有詳細說明女巫這個行為的原因，在作者看的版本中就只有簡單的兩句：「萵苣慢慢長成了天底下最漂亮的女孩。孩子十二歲那年，女巫把她關進了一座高塔。」不過，若細心一看，作者不也是交代了箇中原由嗎？「萵苣長成了天底下最漂亮的女孩」，之後「女巫把她關進了一座高塔」。這不就是一組因果關係嗎？似乎女巫媽媽害怕收養回來的漂亮女兒遇上愛情騙子，於是就用了一種極端的方法保護她。

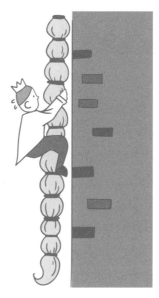

故事繼續發展下去，男主角就出現了。而且，女巫媽媽害怕的事情亦果真發生了。就在萵苣姑娘入伙高塔後一至兩年，王子於某天騎馬路過。他被高塔傳來的歌聲吸引着，可惜又找不到進入高塔之法。最後，只好每天都騎馬來到森林裏聽。剛好有一天，他見到女巫如何爬上高塔，於是他在翌日傍晚模仿女巫的做法，在塔下叫道：「萵苣！萵苣！把妳的頭髮垂下來」（王子叫的時候不覺得好笑嗎？叫生菜把頭髮垂下來……ᕙ█ᕗ？）。萵苣姑娘見到爬上來的不是女巫媽媽而是不知是甚麼的怪生物時大吃一驚。王子竟是不知是甚麼的怪生物？非也，那只是因為女巫媽媽的保護果真滴水不漏，萵苣姑娘從來未有見過男性。王子嘗試跟她談心裏話，說是被她的歌聲打動，又問她願不願意嫁給自己（天啊！所有王子的愛都屬於愚昧之愛麼？詳見灰姑娘一章）。萵苣姑娘竟然答應了他（天啊！萵苣姑娘妳竟然願意嫁給妳人生中第一次見到的生物？！妳不是有天下無雙的勇氣，就是擁有不能再低的智商吧（⊙0⊙））！後來，女巫媽媽發現了王子的來訪，一氣之下把萵苣姑娘送到荒野中獨自生活，更向王子謊稱萵苣姑娘被貓抓走了、完蛋了（能抓走一個姑娘的貓……兇手很明顯……一定是來自未來的機械貓！）。王子心裏十分痛苦，從塔上跳了下去。他跌進了刺叢當中，雙眼被刺瞎了（筆者思考了許久王子跳下塔的姿勢……怎樣落地才會只瞎了眼而人不死……真猜不透！）。

王子在瞎眼之後漫無目的地走着。幾年後竟然走到了萵苣姑娘所生活的荒野。萵苣姑娘那時原來已為王子誕下了一對雙胞胎（其實，女巫媽媽的憂慮不是發生了嗎？王子你都算是很猴急……）。二人重遇對方，相擁而泣。萵苣姑娘的淚水滋潤了王子的眼睛，它們就恢復了光明（王子根本沒有被刺瞎，只是吹沙入眼吧？(¬_¬)）。於是王子就把妻子兒女帶回自己的王國，並快樂地生活下去。

其實，人生無常，王子這樣面對所愛之人的死亡可不行啊！這天寶貝

家貓死了你又跳，那日餵過你奶的乳母死了你又跳，這樣又怎可能有「他們幸福美滿地生活着，直到永遠」的童話結局呢？就讓筆者介紹一本書給王子看吧！庫伯勒－羅斯（Elisabeth Kübler-Ross, 1926－2004）的《論死亡和瀕臨死亡》（*On Death and Dying*）一書可謂心理學界中探討面對死亡及臨終關懷的殿堂級作品。到 2019 為止（此書出版的五十週年），庫伯勒－羅斯此書已經被翻譯出四十種不同語言的版本，可見此書在學界與業界中的地位超凡。在撰寫《論死亡和瀕臨死亡》一書的過程中，庫伯勒－羅斯訪問了兩百多位罹患絕症的病人，細查他們面對死亡可能到來的心理反應。[5] 在訪問過後，庫伯勒－羅斯以五個階段去描述病人的心路歷程。當中包括：第一階段——否認與隔絕、第二階段——憤怒、第三階段——交涉、第四階段——抑鬱，及第五階段——接受。以下表列出各階段的心理反應：

| 階段 | 心理反應 |
|---|---|
| 第一階段<br>否認與隔絕 | 在首次得知自己將要面對死亡之後，病人第一個反應往往是：「不，不是我，這絕對不可能。」病人無論是在一開始就被明確告知病情，還是稍後漸漸確認將要死去乃事實，他們都經歷過否認這一起始階段。 |
| 第二階段<br>憤怒 | 當最初的否認無濟於事，憤怒、狂躁、嫉妒和怨恨之情便開始出現。這時候，病人會自然地想到一個問題：「為甚麼會是我？」 |
| 第三階段<br>交涉 | 一開始病人無法接受令人傷心的事實（否認），然後把怒氣撒在別人甚至是上帝身上（憤怒）。那接下來的階段，不少人或許會嘗試和上帝達成某種協定，推遲死亡發生的時間。第三階段叫交涉或討價還價。例如：「神啊！我沒有甚麼要求，只希望多活半年，好讓我參加兒子的婚禮！」「天啊！我承諾不再飲酒，只要我能康復！」「如果我能夠延續生命，我必一生從事事奉神的工作。」 |

| 階段 | 心理反應 |
|---|---|
| 第四階段<br>抑鬱 | 當晚期病人對自己的病情再也無法否認，出現越來越多的徵兆他將面臨死亡，加上他可能被迫接受越來越多的手術、住院治療，以及治療帶來巨大的經濟負擔，病人無法無動於衷；可是，由於身體虛弱，病人亦無力表現出憤怒、狂躁、怨恨等情緒，取而代之的往往是一種強烈的失落感和抑鬱情緒。 |
| 第五階段<br>接受 | 如果一個病人有足夠的時間（即不是猝死），並且在前面那些階段中已經得到了一定的幫助，那麼他最終將會進入一個對其「命運」既不感到沮喪也不憤怒的階段。不過，接受自己將要死亡並不一定意味着幸福，病人有可能只是沒有了感覺。 |

　　庫伯勒－羅斯在書中亦指出病人的家庭成員也會經歷類似病人經歷過的那些心理反應。[6] 按照庫伯勒－羅斯的說法，這些階段的心理反應並不互相排斥，階段之間沒有明顯的分水嶺。這些心理反應或依她描述的次序而更迭，或同時並存，且持續時間各有不同。若要指出有一樣東西在各階段中都存在着，那就是希望。[7] 在她眾多的訪問中，即使是最能接受現實的病人都會心存一絲希望。[8] 哪怕是在生命最後一分鐘，病人及家屬都希望有奇蹟帶他們離開死亡來臨的噩夢。

　　那麼，根據庫伯勒－羅斯的研究，我們可以怎樣幫助王子呢？原來宣洩是解除悲傷與憤怒的鎖匙。庫伯勒－羅斯建議，若王子面對親愛之人離世，我們可以：「任由他說出來、哭出來、甚至可以大聲地尖叫。讓他說，讓他宣洩，但不要扔下他不管。」[9] 按以上的建議，其實當王子在知道萵苣姑娘被送到荒野中獨自生活後，不用立即從高塔跳下去。他可以跟女巫媽媽談談心，也可以摟着女巫媽媽大哭一場，甚至可以大聲地罵她，以宣洩失去戀人的情緒。當然，他也可以請求女巫媽媽再給他一些瓜菜，去探望一下他的岳父岳母……（笑……不懷好意地……（~ ▔▽▔ )~）

# 註釋

[1] 粵語「無陰功」指以往沒有陰德，後來引申為現在處境悽慘之意。亦簡稱為「陰功」。

[2] 有關艾瑞克森的生平，詳見：Feist, J. & Feist G. J. 著，李茹等主譯：《人格理論》，頁 202-205。

[3] 黃庭希著：《人格心理學》（杭州：浙江教育出版社，2002 年），頁 140。

[4] 以下的表格參考了下列參考書的內容整理而成：伯格著，陳會昌等譯：《人格心理學》（北京：中國輕工業出版社，2000 年），頁 82-86；珀文著，周榕等譯：《人格科學》（上海：華東師範大學出版社，2001 年），頁 188；黃庭希著：《人格心理學》，頁 146；格里格、津巴多著，王壘、王甦等譯：《心理學與生活》，頁 305。

[5] 庫伯勒－羅斯著，邱謹譯：《論死亡和瀕臨死亡》（廣州：廣東經濟出版社，2005 年），頁 31。

[6] 同前註，頁 139。

[7] 同前註，頁 114。

[8] 同前註，頁 115。

[9] 同前註，頁 148。原文中為「他們」而不是「他」。

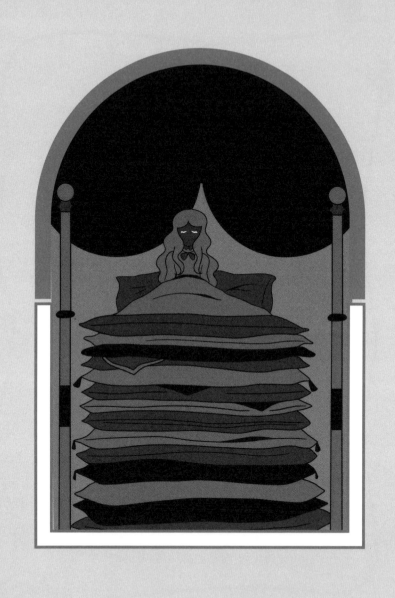

# chapter 04

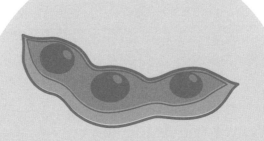

# 豌豆公主的故事

## 如何避免王子成為亡國之君？

- ♛ 別浪費那顆豌豆吧
- ♛ 王后應好好地教仔才對

故事，可道出人生百態；童話，可述說千奇百怪。以下又是一個奇奇怪怪的童話故事。

話說，故事發生在很久很久以前的一個國家。那個國家十分富裕繁榮，國王和王后都沒有甚麼事是不稱心如意的，唯獨他們的兒子令他們感到憂心。王子都已經成年，到了談婚論嫁，為王族綿延子嗣的歲數。可是，王妃的人選他卻遲疑未決。王子總是嚷着不想隨隨便便地找個女孩結婚，要娶一位真正的公主來當妻子。因為這個原因，王子更是離家出遊，遊遍世界各地，到訪各地的王國，並與所有公主會面。然而，他卻一直找不到令自己滿意的對象，因此而感到十分傷心。（王子啊！這樣我就不明白了，你要找的是一位真正的公主吧？「真正的公主」的定義是她是一位真正的國王生下的女兒而已，對嗎？你怎會走遍世界各地都找不到呢？你的意思是你走訪過的王國都是假的，對嗎？還是，王國裏的都是假的王室？又抑或，你見到的公主都是偽娘，是 Cosplay 公主的男人？找一位真正的公主有這麼難嗎？（¬_¬））

後來，在一個風雨交加的晚上，城堡的大門外傳來了叩門的聲音。查看之下，有一名全身濕透的年輕女子請求入內避雨，更自稱是真正的公主（嗯哼，有可疑的氣味喔！光是公主一個人不帶隨從，沒有護衛，在一個下雨的晚上在別國流連，且落泊得要借宿，就已經非常不合情理了。再者，甚麼人會常常掛「真正」二字在嘴邊呢？筆者向新朋友介紹自己時，會說自己的職業是老師，而不會說是「真正的老師」；會說自己的身份是爸爸，而不會說「真正的爸爸」⋯⋯常常強調自己是「真正」的，通常有三個可能。第一，市面有許多假貨，要向人說明自己是正貨，例如：坊間常見龜苓膏前多數有正宗二字。第二，講的人有一些心理上的問題，藉真正二字加強信心，例如：膽怯懦弱的男人打甲由前自言自語「我是真正的男子漢，怕甚麼！」以壯膽。第三，自知是假貨的騙子⋯⋯

【對白設計】婆婆，我是真正的倫敦金經紀，跟新聞上那些騙徒是不一樣的）。

　　根據故事的發展，雖然沒有人相信這位是真正的「公主」，但城堡內的人還是招待了她。大家都只是覺得不應該讓一位可憐的女生留落在外受風吹雨打，於是就為她安排了一間臥室先住下來。王后心想：「反正都讓這女孩住了下來，不如測試一下她有沒有說謊，看看她是不是真正的公主。」之後，王后便派人前往臥室，將原先在床上的床墊和被褥通通拿走。然後，王后在床板上放了一顆小豌豆，再命人在這顆小豌豆上放置二十張床墊以及二十張羽絨被。（天啊！作故事的人是否應該想一想你在寫甚麼？筆者在宜Ｘ傢俬找最薄的、沒有彈簧的床墊，厚度都有 12 厘米。先不去計那二十張羽絨被，光是二十張床墊已是 240 厘米高。240 厘米高有甚麼

豌豆公主的故事：如何避免王子成為亡國之君？

問題呢？給一些數字讓各位讀者參考，姚明身高 226 厘米，丹麥 [1] 女性平均只有 167.2 厘米高。筆者因此在想像，公主入到臥室時，望着那爬梯子都爬不上去的床，她有沒有心生被戲弄的感覺呢？）

　　大家或會感到好奇，何以王后會在床板上放了一顆小豌豆呢？原因是王后想試一試這個女孩是不是真正的公主（What？？？）。翌日早上，當女孩醒來的時候，王后便問她昨晚睡得如何。誰知女孩竟說自己睡得很差，投訴着床墊下不知放了些甚麼，她覺得自己躺在一粒硬硬的東西上面，令她睡醒以後感到腰痠背痛（太不合情理吧？那是一堆總共厚度為 240 厘米的床墊啊！不要說小豌豆，就算是放一個保齡球在床墊下面，躺在床上的人應該都沒有感覺吧？你不如說真正的公主躺在草地上時可以感覺到地球的弧度？）。王后卻是因此覺得她是一位真正的公主。她認為只有極度細緻的皮膚才有這種敏感度的觸感，而只有真正的公主才會有這麼細緻的皮膚。故事到了最後，王后為王子與這位公主安排一場婚禮，王子與公主便從此過着幸福快樂的生活（所以，說穿了，王子只是想找一位皮膚好的女孩做妻子吧？！甚麼踏遍世界各地，尋找心儀的對象，依我看都是因為嫌別國的公主不夠漂亮吧？）。

# 別浪費那顆豌豆吧

其實，這個童話故事裏的王后真有點教人摸不着頭腦。為甚麼皮膚細緻會是真正公主的指標呢？即使公主擁有細緻的皮膚，她也未必可以感覺到那粒小豌豆啊！畢竟公主可以有不同的睡姿，要是她喜歡抱着枕頭側睡，她就未必會正好睡在小豌豆的正上方啊！就算她感覺到那豌豆的存在，最終她也不一定會告訴王后她睡不好。好歹公主都只是客人的身份，由於禮貌不好意思說出床舖有問題，這樣也實屬正常。豌豆、細緻皮膚與公主身份三者之關係，不正就是中國人所謂「風馬牛」之關係嗎？要知道那位女孩是否真正的公主，不用浪費那粒豌豆的。心理學家對人的研究方法或許對王后極有參考價值呢！

筆者間中會因為工作的原因，需要外出向年輕人介紹心理學。有些時候筆者會問他們「為甚麼你們會對心理學感興趣？」、「心理學是甚麼？」等問題。從年輕人口中聽到的答案有時候蠻打擊自信的……他們覺得我們這些在大學裏教授或研究心理學的學者……其實都是一些不知在做甚麼的人…… Σ (O_O;) 筆者聽過有年輕人講他們為甚麼升讀大學時想選修心理學，說：「我對理科不感興趣，可是又覺得文科流於空談。心理學介乎兩者之間吧？一則它不屬於理科，不會涉及很多數學和計算；二則它不如文科一樣，討論上流於空談。可以用心理學家提出的概念套用到生活經驗裏去分析一下，相對地比較實用。」不過，若然這些年輕人真的抱這個心態選修了心理學，入學後真的祝君好運了。其實，心理學雖然源於哲學，但現代心理學通常被歸類於社會科學的一員。有許多心理學的大學教科書都會用「現代心理學的進化」（The Evolution of Modern Psychology）來形容 1879 年，因為那年馮特（Wilhelm Maximilian Wundt, 1832 — 1920）在德國萊比錫開設第一所正式的心理學實驗室。至今，實證研究方法和統

計學的認識，以及統計學軟件的使用都可謂是在大學主修心理學的學生之基本功。

　　在心理學的研究領域裏，有許多的研究課題都不像自然科學一類。自然科學的研究範圍大多屬於物理性的。可是，心理學除了研究可被觀察的行為外，也會研究人的心理過程。例如，壓力、動機、快樂等，這些都不是物理性的。我們是如何去進行研究的呢？心理學家在思考量度研究課題時都會經過兩個步驟。那就是概念化（Conceptualization）及操作化（Operationalization）。概念化是指為某一事物或現象給予一個概念上或理論性定義之過程 [2]。在概念化的步驟之後，繼而就是操作化的過程了。操作化是指研究者某概念上或理論性定義再作出一具體的量度方法或程序 [3]。筆者上課的時候曾以抑鬱症為例向學生作出相關說明，在未講授任何有關抑鬱症的知識之前，筆者問學生們：「若要你們設計一份問卷，調查受訪者抑鬱症的指數，你們會問些甚麼問題？」當然筆者知道學生是沒有辦法去設計出一份有效問卷的，筆者就是要他們感受到困難之處有哪些。他們不少都指出在思考應該問些甚麼問題時感到困難，不知道從哪裏入手。那是自然的，因為他們不懂得抑鬱症的定義！根據《精神疾病診斷與統計手冊 · 第五版》，患上抑鬱症的病人會幾乎每日、幾乎整天都有憂鬱心情，幾乎對所有活動的興趣或喜樂都顯著減少，幾乎都處於節食而明顯有體重下降，幾乎每日失眠或嗜睡，幾乎每日有過份或不合宜的罪惡感，幾乎每日都感到思考能力或專注能力減退等。當了解抑鬱症的定義以後，我們就能「對症下藥」，根據定義指出的特徵去設計相關問題。例如，情緒方面會問受訪者「你有沒有感到悲傷？」，體重方面問「你近來的體重有沒有變化？」，失眠或嗜睡方面問「你是否與以前一樣睡眠很好？」，罪惡感方面問「你會不會感到自己有罪？」等。這就是概念化的重要性了。至於操作化的意思則比較好懂，就是把仍屬抽象的概念轉化為可被測量和驗證之數據。若讀者們有填寫問卷的經驗，你們大概知道問題的選項

多為問卷設計者所預設，多半不是簡單的「是／否」就是數字如「沒有 0．偶爾 1．間中 2．經常 3」。這就是其中一種所謂可被測量和驗證的數據了。

　　回到以豌豆測試女孩是否「真正的公主」的「調查」中，我們可以看到王后用「真正的公主擁有細緻的皮膚」去概念化「真正的公主」，而王后又以「能不能隔着最少 240 厘米的床墊和被褥而還能感受到一粒小豌豆」去測量女孩是否擁有「細緻的皮膚」。如果王后是筆者的學生，筆者肯定會給她一個不合格的分數吧！所謂公主，其正確的定義不就是君主制國家的國王的女兒嗎？一個人是不是公主，這與皮膚有甚麼關係？難道一名皇帝女會因其皮膚不夠細緻便被 Disqualify 嗎？就算筆者退一步，讓細緻皮膚成為一個人是公主的必要條件，以豌豆測試作為實驗的干擾因素太多了吧？上文提及過，公主的睡姿是其中一個問題。還有，根據宜 X 傢俬的資料，一張最薄而沒有彈簧的床墊淨重 10.58 千克，二十張床墊是 211.6 千克。世界上體型最大的鹿科物種之一的歐洲馬鹿平均都只是 200 千克。豌豆有可能在公主躺在床上之前已碎成粉末了吧？王后可以試一試設計更好的實驗，諸如觀察法、訪談法、問卷調查等都可能是查驗真相的更好方法呢！

# 王后應好好地教仔才對

話說回來，中國人有句話「慈母多敗兒」，這不正是這個故事的癥結所在嗎？請各位讀者想想整個故事發生的緣故。一個王子要找一個真正的公主來娶，讀者們覺得很浪漫嗎？說穿了，那是王子瞧不起人，看不上民家女，想找個門當戶對的人來結婚。更甚者，綜觀王子的「求婚」歷程，他很明顯是以貌「娶」人之輩。「遊遍世界各地，尋訪各個王國」卻找不到「真正的公主」？最後，王子卻安然接受一個來路不明的女孩作王妃，這是為甚麼？女孩是真正的公主嗎？故事沒有說有某國國王遣使接回公主、也沒有慌張的侍衛叩門想尋回迷路的公主，甚至到了故事的結局我們就連女孩是哪國的公主都不知道。大家對她只有一項資訊，那就是她睡醒後感到腰痠背痛（天曉得她昨晚有沒有落枕扭傷了），然後王后因此推論她有細緻的皮膚所以是真正的公主。王子這就娶了這女孩……根據故事內容，我們（甚至是王子一家人）對於女孩的認識，就只有女孩擁有細緻的皮膚而已。王子這不是以貌「娶」人又是甚麼？！

瞧不起平民將來如何能愛民如子？為了泡妞離家出走浪跡天涯這是怎樣的責任感？娶妻不求淑婦只求美人，為君時有能力抗拒聲色犬馬的奢淫生活嗎？這位王子幾乎齊集了成為一代亡國之君的條件，當母后的是否應該好好教導一下兒子呢？但這位母后卻是選擇遂了兒子心願，最終促成了他與皮膚細緻女孩的婚姻。這樣的教養方式（Parenting Style）可不行呢！

父母的教養在孩子的成長過程中十分重要。家庭是一個人最早接受社會化（Socialization）的場合。所謂社會化，那是指一個人的行為模式、價值、標準、技巧、態度和動機被塑造得符合特定社會認同的要求 [4]。

王子公主診療所：童話心理學教室

回想一下父母對我們的教導，由一個只會懂得按自己心意而哭鬧的嬰兒，到今日拿着這本書正在閱讀的你，父母教過我們不要自私，要學會分享；父母教過我們社會上有尊卑長幼之分，要學會相應的禮貌；父母教過我們家中有家中的規矩，學校有學校的規矩，要學會守秩序等。家庭除了是一個人最早接受社會化的場合，更是最有影響力的場合！一個人和他人相處的基本模式是從家庭形成的，而這些模式亦會成為一個人一生中與他人交流的基礎。

　　正因為父母的教養在人的一生中如斯重要，心理學家因此對教養方式的研究十分感興趣。麥考比（Maccoby, E. E.）與馬汀（Martin, J. A.）指出父母的教養有兩個重要元素，一為要求（Demandingness），二為回應（Responsiveness）。要求是指父母對子女的控制，例如：父母是否願意充當孩子社會化的負責人、父母是否會對孩子建立適當的標準以規管其

行為、父母會否堅持孩子在行為上達到某些標準等；回應是指父母對子女的回應，例如：父母是否認識到孩子的個體特點、父母對孩子接受和愛的程度、父母對孩子需求的敏感程度等。按兩個重要元素的程度和交互作用，參考比與馬汀將父母的教養方式分為四種類型：權威型、專制型、溺愛型及忽視型。

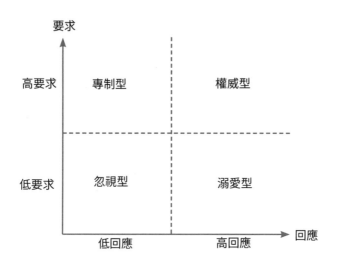

權威型的教養方式是高要求與高回應的結合：父母對孩子提出合適的要求，但是又跟孩子保持交流，與孩子的相互關係和雙向溝通程度較高。專制型的教養方式是高要求與低回應的結合：父母對孩子管教嚴厲，卻很少注意孩子的自主性，溝通主要以父母為中心。溺愛型的教養方式是低要求與高回應的結合：父母給予孩子很大的自主權，可是對他行為的約束和控制較少，這樣的教養方式不能幫助孩子學習生活必要的社會規則。忽視型的教養方式則為低要求與低回應的結合：這種教養方式既缺乏對孩子的要求和約束，同時亦很少給予孩子必要的鼓勵和支持。根據現有研究所得，多數的結論均指出權威型的教養方式最有可能是

最佳教養方式（Optimal Parenting）。現有研究更指出這項結論在不同的族群、文化、國家等都有相當程度的穩定性。

由王后對王子的疼愛可見，她的教養方式屬於溺愛型的教養方式。上文曾提及王子的行為大有問題，盡顯他日成為亡國之君的潛能。對於兒子「尋找真正的公主」及「以貌『娶』人」的行為，王后非但未有加以糾正，而是縱容甚至於協助王子達成心願。這正是管教約束少，關顧照料多的教養方式。根據現存研究，在這種教養方式下成長，孩子會缺乏控制力以及會表現出衝動的行為。故事中王子因為要尋找他的愛情而隨便離家外遊，這確實符合溺愛型教養方式下長大的人會做的行為。不過，話說回來，《三字經》都有言「養不教，父之過；教不嚴，師之惰」，這麼簡單的道理難道王子的父母不知道嗎？他們當然知道，可是根據心理學家的研究指出，原來社會經濟地位較高的父母通常對孩子會比較放任。

以往有很多心理學家對中國內地的教養方式很感興趣，因為內地在較早的時期推行了一孩的計劃生育政策。許多心理學家都在猜想，若一個家庭只准生一個孩子，父母對孩子會不會溺愛過度呢？呂俊甫是其中一位有這個疑問的心理學家。他就曾經在內地的南方省份和一百五十九個大學生進行訪談，了解他們在成長過程中接受了怎樣的教養方式。呂俊甫最終發現情況沒有如猜想般那麼簡單——家中只有一個孩子不一定等同於溺愛孩子。父母的教養方式會受到不同的因素影響，包括孩子的性別、父母的教育程度、家庭的社會經濟地位等。按呂俊甫的研究所得，低社會經濟地位的父母對孩子的教養方式比較兩極化，不是管得太嚴厲就是太放鬆。這現象之所以出現或源於父母對孩子未來的期望。管得太嚴的父母希望孩子有好的未來，從而令整個家庭都能藉此脫貧；管得太鬆的父母覺得脫貧不是易事，因而放任孩子讓他們有個愉快的童年，長大後便外出工作幫忙養家。

高社會經濟地位的父母往往對孩子期望較高，真正教養起來卻比較放任。原因是高社會經濟地位的父母沒有任何壓力需要藉由孩子的未來去提升家庭之社會經濟地位，因此縱然有較高的期望亦對孩子較為放任。在這項研究中，中產階級的父母被視為是提供最適當教養方式的群體。因為他們懂得為孩子提供合適的期望和教養，同時他們的社會經濟地位亦非如高社會經濟地位的父母一般完全沒有壓力[5]。

　　由以上的研究可知，高社會經濟地位的父母往往會有高期望，卻管得太鬆。王子來自一國之中最上層的社會經濟階級，難怪父母對他會如此溺愛。唉！唯盼這位王儲登基之後，不要成為亡國之君才好。

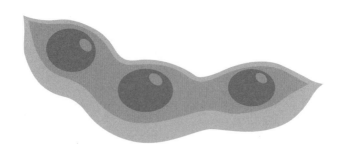

# 註釋

[1] 故事來自《安徒生童話》，故選丹麥女性身高作參考。

[2] 詳細可參考：Neuman, W. L. (2003). Social research methods: qualitative and quantitative approaches 5th ed. US: Pearson Edu. Inc, p.127.

[3] 同前註，頁 174。

[4] 格里格、津巴多著，王壘、王甦等譯：《心理學與生活》，頁 306。

[5] 呂俊甫著，洪蘭、梁若瑜譯：《華人性格研究》（台北：遠流出版，2014 年），頁 29-37。

# chapter 05

# 青蛙王子的故事

## 青蛙變王子之後會更快樂嗎？

♛ 青蛙都是蹲在水潭裏呱呱叫嗎？

♛ 令人摸不着頭腦的閃婚

筆者在寫這本書之前，一直都對童話故事沒有好感。那是一個所有人都沒有理智，世事沒有道理，可是得到主角光環加持的人總是有 Happy Ending 的世界。筆者從男性角度來看，也一想便知灰姑娘的丈夫是個膚淺的男人，光看人外貌姣好就要娶；美女與野獸墜入愛河是沒有道理的，無論一隻動物有多好，牠都是一隻動物，一般人斷不會對牠動男女之情；長髮公主的故事是不合理的，筆者的頭髮長過 10 厘米時已經會打結，有時換了洗髮水品牌還會有頭痕、頭油的問題，公主的頭髮更是長如繩索梯子……但在開始寫作以後，筆者一改自己的想法。童話必須要存在，因為它為孩子提供幻想的同時，亦為成年人提供挖苦和找茬的材料，一紓日常的壓力。童話真可謂老少咸宜！

老實說，長大後讀童話，越讀越覺得不合理。童話裏的愛情都膚淺得要命，不管男女，他們的愛情全都是「對方很美麗＞我要娶她」或「對方很英俊＞我要嫁他」。童話裏的愛情同時又大愛得有點誇張。筆者本身絕對沒有種族歧視的問題，可是童話裏的愛情跨越的不是種族，而是品種！人魚愛上人類，人類愛上野獸。說不定，其實有個故事說公主愛上一棵西蘭花，然後那西蘭花又變回了王子（然後，西蘭花王子第一句話便會對公主說：「公主，幸好妳今日吃沙拉！」（ㄒㄟㄒ））。只是筆者學識有限，未曾拜讀而已。本章要講的〈青蛙王子的故事〉在以上的兩個層面都突破了筆者的眼界，跌穿了筆者認為不合理的底線。這是一個人和一隻青蛙的戀愛故事，又或者是一個人和一隻有嚴重被虐傾向的青蛙之戀曲，又或者當中並沒有戀曲，我不知道……

（又是）很久很久的以前，（又是）有一位美若天仙的女主角，她（呵欠！知道了，知道了，恰巧又會是）是一位國王的小公主。話說這位公主在無聊的時候很喜歡~~炫富~~玩一種遊戲。她會取出一個金球，並把它拋向空中再用手接住（對呀！拋球嘛！一般百姓的孩子都愛玩。不過，一般是

塑膠製的，古代沒有塑膠球也有皮球吧？說小公主你沒有炫富心態誰會信？）。有一日，她在森林裏的一個水潭旁邊又玩這個 ~~炫富~~ 拋球的遊戲。拋着……拋着……她一不小心就把金球掉進水潭裏去（如果筆者在旁目睹，應該會拍手叫好吧？活該！）。金球越沉越深而水潭又深不見底，小公主只好眼睜睜地看着金球消失在她的面前。失去了金球，小公主鼻子一酸就哭了起來。忽然，小公主聽到一把聲音在說：「公主，你為甚麼在哭呀？」小公主舉目四望，卻不見人影，只有一隻青蛙在她眼前。

公主於是便對青蛙說（筆者信公主你平時都會跟動物談話，筆者信公主你食田雞煲的時候都要跟牠先聊聊天才吃……正常人發覺身邊沒有人都不會跟青蛙說話吧！(╯°Д°)╯ ┻━┻）：「游泳健將啊！我哭，那是因為我把心愛的金球掉進水裏去了。」青蛙就對公主說：「我可以幫你拿回金球。不過，你又會怎樣回報我呢？」公主說：「你要甚麼都可以！我身上諸如衣服、珍珠、寶石、頭上的金冠都可以給你。」（公主，你太年輕了！「你要甚麼都可以！」是能說的話嗎？若牠要你在市中心大街上倒立唱「我是茶壺肥又矮呀」一百遍，筆者看你的國王父親顏面何存。既然是青蛙，給牠一些蚊蟲打發牠便算了吧？！）金口一開，這下子可好了。青蛙果真提出牠古怪的要求了。牠說：「你講的衣服、珍珠、寶石等我都沒有興趣。不過，要是您喜歡我，讓我做你的好朋友。好朋友就是能一起遊戲、一同吃飯、一塊飲酒，到了晚上讓我睡在你的床上……你如果答應我的話，我就幫你潛到水潭裏去把金球撿回來」（要求晚上時睡到一個女生的床上去……光是看文字就能想像青蛙先生那不懷好意的笑容吧……）。小公主也非省油燈，口裏說：「太好了！你替我把金球撿回來，我就答應你。」心裏卻想：「青蛙只配蹲在水潭裏，和其他青蛙一起呱呱叫！怎可能同我做好朋友呢？」

得到了小公主的許諾，青蛙便潛入水潭裏去。不久，牠就銜着金球，

游回到水面。牠把頭探出水面，並將金球吐在草地上。小公主再次見到自己心愛的金球，心裏極為高興。她把金球揀起來後，欺青蛙身形細小又只能蹦蹦地跳，於是拔腿便跑。她壓根兒沒有想過要實踐承諾。不管青蛙在後頭怎樣扯着嗓子拼命叫喊，公主都不回頭看一眼。可憐青蛙白忙了一場，呆呆地望着公主的身影消失。

# 青蛙都是蹲在水潭裏呱呱叫嗎？

　　在這個童話故事裏，小公主多次表現出對青蛙的厭惡和嫌棄。例如，公主聽到青蛙想跟她做朋友時，她心裏第一個反應是：青蛙就只配蹲在水潭裏，和其他同類一起呱呱叫，不可能跟人類做好朋友；後來，她一再地覺得青蛙是「冷冰冰」、「濕漉漉」、「醜陋的討厭鬼」。作為一個另類寵物愛好者，筆者必須要指出小公主的評語盡是偏見啊！

　　到底青蛙是否都蹲在水潭裏並且濕漉漉的呢？不是！雨濱蛙屬、峽谷穴蛙屬、姬蛙科等的青蛙就不是居住在水潭裏。雨濱蛙屬的青蛙（如紅眼雨濱蛙、白氏樹蛙）一般都是樹棲性的；峽谷穴蛙屬的青蛙（如查科角蛙）主要棲息於乾燥草原地帶；姬蛙科的青蛙（如饅頭蛙、納馬雨蛙）更有趣，牠們有部分是陸棲性的，而且能夠在熱帶乾旱的沙灘和叢林棲息。以饅頭蛙為例，牠們就連繁衍和產卵都不需要水潭。牠們會把卵埋在地下面，在不經歷蝌蚪階段的情況下直接孵出幼蛙！青蛙是否全都是冷冰冰且樣貌醜陋的討厭鬼？不！首先，在動物學的角度來說，青蛙不一定有副冷冰冰的身軀。青蛙是一種變溫動物，體內沒有調溫的系統。可是，牠們亦需要調節體溫。有些青蛙（如角蛙）需要的溫度可高了，大約是 26℃～29℃；所以，如果你要養角蛙做寵物，天冷時加熱墊和保溫燈是必備的。否則，牠們可能會出現消化不良的問題唷！另外，雖然美麗與醜陋可以是很主觀的判斷，筆者仍不得不介紹一下傳說中的青蛙種——姬蛙科青蛙，這個屬種下的莫桑比克饅頭蛙、黑雨蛙和納馬雨蛙等青蛙真的非常、非常可愛，更被一眾網民稱為「世界最萌寵物蛙」呢！

　　好了！再講小動物的話，讀者都以為我要搞個 Discovery Channel 了。不過，我們都可以見到小公主對青蛙的偏見了吧？其實，不只是小

公主，偏見經常都出現在我們的生活之中。例如，我們聽過有老人看着年輕人就覺得他們全都是溫室長大的一群，吃不了苦；但是亦聽過有年輕人看着老人就覺得他們全都是頑固偏執的一群，倚老賣老。又例如，在電視劇中有些家無恆產的人看着有錢人就覺得他們都是倚仗家山有福，沒有實力；可是另一方面有錢人看着窮人就覺得他們全都是依賴政府救濟，不肯努力。偏見可謂無處不在，到底它們是怎樣形成的呢？

　　根據心理學家的研究成果，原來人們對一些不屬於自己同一群體的人很容易表現出偏見。在人的學習過程中，人會不斷地思考「我是誰，我不是誰」的問題。例如，我是男人，我不是女人；我是大學生，我不是小學生；我是中國人，我不是美國人等。之後，又由此方向發展出「誰與我相似，誰與我不相似」的判斷。例如，我屬於一群叫男性的群體，不屬於一群叫女性的群體；我屬於一群叫大學生的群體，不屬於一群叫小學生的群體；我屬於一群叫中國人的群體，不屬於一群叫美國人的群體。可見，我們一生之中會有許多「我與非我」乃至發展到「我們與他們」的分類，而這個過程稱作社會分類（Social Categorization）。人們借助這個過程把自己和別人分成不同的群體，用來組織他們對社會環境的認知。因此，在我

們的內心世界裏會有內團體（In-groups）和外團體（Out-groups）的分野。所謂內團體，那是指人們會將自己視作為其中一份子之團體。簡單而言，就是俗語所講的「自己人」團體。外團體則相反，是指我們不會將自己視為其中一份子之團體，我們當作是「外人」的群體。正是因為這些認知上的區別導致偏見的產生，一般而言，我們會較為偏愛自己的群體。在作出評價的時候，認為「自己人」團體比別的團體更好。這就叫做「內團體偏見」（In-group Bias）。更甚者，當一些人一旦被視為「外人」以後，他們常常會遭受到不公的待遇。

從小青蛙的遭遇看來，牠明顯受到了小公主的偏見所害。小青蛙明明是替她辦好了差事，公主卻不信守承諾，丟下青蛙一溜煙似的走了。各位看倌，欲知後事如何，且聽下回分解。

# 令人摸不着頭腦的閃婚

話說故事繼續發展下去，劇情可謂奇中之奇，用潮流的用語叫「神反轉」。就在小公主反悔失約的第二日，小青蛙竟出現在公主的城堡門前。故事之後就是一連串國王教女兒，而女兒卻是教而不善的劇情了。公主不欲開門讓青蛙進來找她，國王了解事件始末後訓斥公主不能言而無信。青蛙進了門後請求公主把牠抱到自己身旁，公主不肯。國王又吩咐她照做。青蛙坐在餐桌旁之後又請求公主與牠共進午膳，公主又不肯。後來，公主當然又在十分不情願之下，因父王的吩咐而照做。用餐後，青蛙又希望到公主的臥室去跟她同床共寢（喂！青蛙仔！公主只是不知道你的底蘊，你自己可知道自己的事！你骨子裏是個男人，要求跟一個女孩子同床共寢……你可真是個人面獸心的色狼……說你人面獸心又好像不太對，你的狀態應該是獸面獸心吧？ b_d ）。國王留意到公主一臉不愉快的樣子，於是又訓斥了公主一頓。公主唯有再度於不樂意的情況下，把青蛙帶回房中。不過，回房之後，公主趁沒有旁人在場，便把青蛙放在房間的一個角落裏，然後自己上床休息。青蛙當然感到不滿，爬到公主的床邊對她說：「你不把我抱上床，我就告發給你父王知道！」（這是小學生勒索的口吻吧！【筆者聽過的真實對白】例子：你不借這玩具給我，我就去告訴你媽媽說你欺負我；你不和我一起玩，我就向老師投訴你……）

故事接下來的劇情是筆者白頭髮都多了十數條也想不明白的，就是上文所謂「神反轉」的劇情發展。因此，筆者邀請各位讀者細心閱讀以下的內容，如果你們有誰讀得懂的話，歡迎你跟筆者聯絡。

## 第一段不明白的劇情

就在小公主聽到青蛙帶有威嚇性的說話後，她立即變得勃然大怒。她一手抓起青蛙，朝着牆上出盡全力摔過去。小公主顯然是希望摔死那討厭的青蛙，因為她扔出了青蛙以後，狠狠地拋下了一句：「現在你想睡就去睡吧！」如果有朋友相信小公主這話真的是天真地向青蛙說聲 Goodnight！那麼，天真的應該是那位朋友而不是小公主吧！任何人出盡全力把一隻小動物朝着牆上摔，然後拋下那句話，他的意思應該是：「你去死啦！你這麼想要睡，我便送你去長眠啊！」這一隻青蛙的下場就算沒有死也會身負重傷吧？誰知牠一落地，立即變成了一位兩眼炯炯有神、滿面笑容的王子。先停一停，筆者和大家到底在看甚麼？筆者讀到這情節時，正在懷疑自己讀的版本有沒有漏字。那是怎樣的人物設定？那是一個受到致命攻擊後能夠復活的設定？不止如此，青蛙甫一落地就「兩眼炯炯有神、滿面笑容」。那是怎樣的一回事？那是受到致命攻擊後能夠滿血復活的設定啊！在人類的歷史上，筆者只知道曾有一位仁兄有這樣的人物設定。可是，他也需時三日才能夠滿血復活。這隻青蛙真值得我們再多一日公眾假期啊！

• • • • • •

# 第二段不明白的劇情

　　這位炯炯有神、滿面笑容的王子向那位應該會被嚇呆了的公主解釋為甚麼青蛙忽然會變成王子。王子說他被一個狠毒的巫婆施了魔法，除了小公主之外，沒有人可以把他從水潭裏解救出來。看到青蛙變王子的一段劇情後，筆者一直在想：「那是怎樣的咒語呢？」難道在下咒的那一天，女巫說：「【對白設計】王子！我詛咒你！我要用『死過翻生舒筋活血咒』來詛咒你！你中咒之後會變成一隻青蛙，一隻濕漉漉、冷冰冰的醜青蛙。若要變回王子，你要用你那好色之心惹怒鄰國的小公主。你要令小公主在對你的慾火充滿怒火的情況下殺死你。就在你死去的一剎那，你就會變回王子。解咒後你的身體會恢復健康，雙目變得炯炯有神，面上流露着自信的笑容。」(What？？ ─Σ(ﾟДﾟ|||)─) 筆者在幻想女巫用的是甚麼咒語的同時，腦海中好像浮現了唐伯虎和華夫人兩位的笑臉，說：「『死過翻生舒筋活血咒』實在是居家旅行、殺人滅口的必備良咒喔！」

・ ・ ・ ・ ・ ・

# 第三段不明白的劇情

　　請讓筆者報告一下閱讀到的故事內容，看看大家是否能想明白。故事先是狠心公主殺好色蛙，令炯炯有神王子出場；王子出場後向公主解釋他其實是中了「死過翻生舒筋活血咒」，然後下一句是：「於是，遵照國王的旨意，他成為小公主親密的朋友和伴侶，明天，他們將一同返回他的王國」。難道平時公主在百無聊賴的時候會拿自己的父王來摔？筆者也是為人父親的人，如果家中有一隻會忽然變身為人的青蛙，筆者不致電漁農署，也會把他關起來觀察一些時日，並思考一下能不能賣給馬戲團。就算他是一位王子，這位王子於這個時候在一般的人際關係中有一種稱呼，叫作「陌生人」。普通的父親都不會把女兒嫁給陌生人吧，何況是被自己女兒摔過的陌生人？！正常人都會叫自己女兒先好好了解一下那男人才決定是否交個朋友，然後談戀愛，之後才想婚事吧？筆者第一個想到的問題是，好端端的一位王子為甚麼會有個巫婆來詛咒你呢？觀察王子在青蛙形態時的言行，我們很有理由相信王子有可能因輕薄巫婆不遂而遭人報復。國王和公主到底有着怎樣的親子關係，以至國王見到王子的反應是：「嘩！我家中有隻青蛙忽然變作人呀！牠還聲稱自己是王子。女兒啊！我現在就下旨讓你嫁予牠為妃！你明天就走！拜拜！」

• • • • • • •

不僅如此，相信讀者們仍記得青蛙初到訪之時，公主曾向父王和盤托出整件事。然則，國王也知道公主同王子之間還有一個非常大的問題，那就是公主從來都未有善待過王子。公主和青蛙的相識始於公主對青蛙的利用。為了利用青蛙，公主欺騙了牠。公主在青蛙幫了自己之後，立即過橋抽板、翻臉不認人，丟下青蛙便走。青蛙到了城堡找公主後，公主每時每刻都一臉嫌棄的樣子對待牠。到了最後，公主甚至對青蛙動了殺機，更確實地付諸實行。作為父親的國王到底在想甚麼？婚禮上，新郎新娘總會向雙方父母道謝吧？王子到時是否會說：「【對白設計】很多謝國王願意將公主嫁給我。今天我要改口叫國王爸爸了。我能夠有幸娶公主，真的好幸福。你們培養了一個非常優秀的女兒。第一次與公主見面時，我已受她的欺騙。之後，她又狠狠地丟下我不管。到我尋回她的時候，她對我表示了多次的嫌棄。最後更是對我痛下殺手。為了紀念我太太企圖殺了我這大日子，今晚我們就結為夫婦了。能夠娶到這樣的她作王妃，我此刻的心情實在難以言喻。多謝爸爸！」到底二人的婚姻生活會是怎樣的呢？

青蛙王子的故事就是這樣，終結於一場令人一頭霧水的婚姻：一場女方無情無義，男方娶得太易的霧水婚姻。行文到此，讓筆者藉此機會談談心理學家關於分手的理論以歡賀一段極有可能極速告吹的婚姻。提及有關分手的理論，我們不能不提達克（Steven W. Duck）的理論。達克對愛情分手的調適歷程展開了研究，並得出其「關係結束的階段論」（Relationship Dissolution Model）。那六個階段分別為「關係分裂階段」（Breakdown Phase）、「內心掙扎階段」（Intrapsychic Phase）、「談判階段」（Dyadic Phase）、「社交求援階段」（Social Phase）、「埋葬期階段」（Grave-dressing Phase）及「恢復期階段」（Resurrection Phase）。

　　在「關係分裂階段」中，情侶間至少有一方對關係感到不滿。在這階段之中，二人的關係仍然存在，只是滿意程度並不如以前。增加了許多以「我們這段關係」作單位的想法。由這階段邁向下一階段的門檻／臨界點是「我再也忍受不了現況」。

　　在「內心掙扎階段」中，情侶間至少有一方感到無法忍受二人關係上的問題而有意圖提出分手。不過，當事人在這階段會有不少內心的掙扎，例如：要不要道出自己內心的想法而面對可能引起的衝突、理性上思考分手而情感上依依不捨等。由這階段邁向下一階段的門檻／臨界點是「我選擇分手是合理的」。

　　在「談判階段」中，意圖分手的一方會將內心的不滿傳遞給對方，因而或出現對峙和衝突的局面。一如這階段的名字，雙方會有許多關於「我們的關係」之談判。前一階段仍只是某一方單獨地思考分手的結果，這階段變成了雙方都在想這個問題。由這階段邁向下一階段的門檻／臨界點是「我是認真的」。

[1]

| DISSOLUTION STATES | PERSON'S CONCERNS | REPAIR FOCUS |
|---|---|---|
| **1 Breakdown**: Dissatisfaction with relationship | *Relationship process; emotional and/or physical satisfaction in relationship* | Concerns over one's value as a partner: Relational process |

| Threshold: I can't stand this any more |
|---|

| DISSOLUTION STATES | PERSON'S CONCERNS | REPAIR FOCUS |
|---|---|---|
| **2 Intrapsychic Phase:** Dissatisfaction with partner | *Partner's 'faults and inadequacies'; alternative forms of relationship; relationships with alternative partners* | Person's view of partner |

| Threshold: I'd be justified in withdrawing |
|---|

| DISSOLUTION STATES | PERSON'S CONCERNS | REPAIR FOCUS |
|---|---|---|
| **3 Dyadic Phase:** Confrontation with partner | *Reformulation of relationship; expression of conflict; clearing the air* | Beliefs about optimal form of future relationship |

| Threshold: I mean it |
|---|

| DISSOLUTION STATES | PERSON'S CONCERNS | REPAIR FOCUS |
|---|---|---|
| **4 Social Phase:** Publication of relationship distress | *Gaining support and assistance from others; having own view of the problem ratified; obtaining intervention to rectify matters or end the relationship* | Either. Ways to hold partners together and return to Phase 1 Or Ways to save face and move to Phase 5 & Phase 6 |

| Threshold: It's now inevitable |
|---|

| DISSOLUTION STATES | PERSON'S CONCERNS | REPAIR FOCUS |
|---|---|---|
| **5 Grave-dressing Phase:** Getting over it all and tidying up | *Self-justification; marketing of one's own version of the break-up and its causes* | Repair of self and self image: putting the past into a better perspective |
| **6 Resurrection Phase** | *Defining self anew, setting new styles for relating in future; defining and rejecting past mistakes and key features of past partners and/or relationships* | Ways to create or affirm a new Relational Self |

Figure 3.3   A sketch of the main concerns at different phases of dissolution repair (significantly adapted from Duck (1984: 169))

在「社交求援階段」中，由於面對戀情將結束的問題，因而產生許多未來的不確定性。為了面對未來的不確定性，人們傾向為自己尋找社交上的支援。故此，人們會嘗試在社交圈子內道出自己戀情的困窘；甚至，為獲別人的支持，那些故事多數會為了挽回自己面子，而將責任放諸對方身上。由這階段邁向下一階段的門檻／臨界點是「分手是無可避免的」。

在「埋葬期階段」中，關係可謂已經完結，而餘下則是整理過去戀情留下的種種。所謂「整理戀情留下的種種」指的可以是心靈自我修補，例如：各自分手原因和過程的版本；亦可以是物質性的分配，例如：財產、物業、寵物等等。

最後的「恢復期階段」其實是指準備好迎接新生活的階段。心理上已經作出了調適，準備好新的自我，能再次出發面對未來。

不過，綜觀公主的言行及德性，筆者真的擔憂有朝一日，若青蛙王子要與公主分手，未必會出現達克描述的這六個階段……我只有一句話祝福王子：「不要死！」

# 註釋

[1] 摘自：Duck, S. (2007). *Human Relationships* 4th Edition. London: SAGE, p.102.

# chapter 06

# 睡公主的故事

## 睡着的公主和醒着的王子，誰更不幸？

- ♛ 睡一百年會有夢嗎？
- ♛ 為甚麼王子都會拯救公主？

玫瑰公主，一個各位讀者可能不太熟悉的名字。如果改稱為奧蘿拉（Aurora）公主呢？假設大家連奧蘿拉也不知道，「睡美人」的名字應該會認識了吧？！其實，玫瑰公主才是「睡美人」真實的名字，而故事中亦未曾交代過公主的名字，只是一直以玫瑰公主稱呼她。

好了！在各位都知道此章會講述的是哪個故事後，又讓筆者向大家講一講這個童話故事原本的劇情吧！老實說，格林兄弟在想寫作點子時真的有點懶。他們寫的童話故事有很多「例牌」[1] 結構。慣常的開場白「很久以前」，慣常的人物設定「非男女主角的夫婦就多數不育」，慣常的願望「很想生下一代」，慣常的轉折劇情「發生非常不合理且荒謬的事件」，慣常的結果「妻子懷孕」。〈玫瑰公主〉的故事，一開始就寫「以前，有個

王子公主診療所：童話心理學教室

國王和王后一直沒有孩子」。他們並未有感到無兒無女一身輕，而是「為此非常傷心苦惱」。有一天，不合理且荒謬的事件發生了。正當王后在河邊散步的時候，有一條小魚把頭露出水面跟王后說話，告訴王后她的願望即將實現，在不久之後她便會生下一位公主（王后不奇怪一條魚會說話，也奇怪牠為甚麼知道妳的願望是甚麼吧？若筆者代入王后的角色和身份，正所謂王家深宮波譎雲詭，也會提防是哪個騙子覬覦我老公的皇位吧？O口O!）。結果又真的如小魚所言，王后終於生下一位公主了（天下之大，果真無奇不有……難道要封一條魚做國師嗎？）。

在女兒出生以後，國王和王后萬分高興，於是舉辦一場大型的宴會來慶祝。就筆者的人生經驗而言，籌辦宴會此等事，真的可免則免。邀請這位沒有邀請那位，就會有人覺得你小氣，或者對你不請他的原因有諸多猜想。邀請了一群親友又要了解他們的關係，把有心病的安排同檯食飯，還會被人背後議論你不懂人情世故。最麻煩是，人的生活圈子裏總有一些跟你扮友好而不是真友好的人，你不請他時他到處說你的壞話，你請他時他又會覺得你為了他的禮金才請他。因此，筆者待人接物一向都秉持一種「能不打擾人就不打擾人，能沒有社交就不要交往，最好連造物主都忘了造過我」的態度；在我人生經驗中，甚麼樣的人際關係可以天長地久呢？答案就是「陌生人」，我可以保證世上大部分的人都與我陌生，並且保持陌生直到永遠（阿門(ˋ·ω·ˊ)ゞ）；總之，筆者一直致力令自己培養出一種「站在自動門前跳舞它都探測不到我」的薄弱存在感（世事都被我看透了的樣子……）。

OK，言歸正傳！國王和王后就不明白筆者這種處世的哲理了，國內有十三位女巫師，他們只邀請了十二位（這樣不是擺明找碴嗎？）。被邀的巫師當然逐一為公主獻上祝福。沒有被邀的巫師也忽然到場，並詛咒公主在十五歲時被紡錘弄傷而死（這樣對一個小女孩不是太狠了嗎？

而且，這女巫也太不恩怨分明吧？宴會是其父母安排的，干嘛去咒一個小女孩？ヽ╯°□°╯）。幸而，最後一位獲邀的巫師嘗試力挽狂瀾，祝福小公主最後能夠化險為夷。可是，雖然公主不用死去，卻會昏睡一百年之久。故事的發展其實不用看也可以猜到吧？身為父親的國王一定是下令盡一切所能保護公主，以免不幸的命運降臨。可是，國王的努力卻是一定不成功的。若非如此，身為男主角的王子就沒有出場空間了。各位應該未聽過一個「公主出生＞永遠幸福快樂」的童話故事吧？童話故事的方程式一向是「公主出生＞遇上事故＞男主角出現＞永遠幸福快樂」，對嗎？

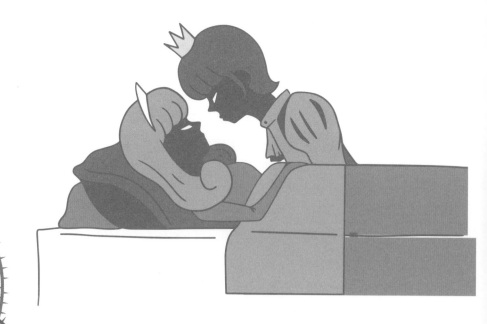

# 睡一百年會有夢嗎？

以上的情節就是〈玫瑰公主〉的上半部分了。國王和王后保護公主不成功，結果公主以至城堡上下的所有人都陷入了沉睡的狀態，而且足足有一百年之久。劇情指公主在十五歲的時候觸及紡錘，女巫的詛咒就立即應驗了。公主倒在地上失去了知覺，沉沉地睡去。隨着她的入睡，國王和王后也在大廳睡着了。整個城堡裏的所有生物都睡着了，包括馬廐裏的馬、院子裏的狗、屋頂上的鴿子，甚至是牆壁上的蒼蠅。其實，這當然非常不合情理。筆者之前跟一位醫學院畢業的同事聊過類似的話題。古代人若然陷入昏迷，其結果多半是活不成了，因為古代沒有打點滴、插鼻胃喉、插尿管等醫學技術。第一，昏迷的人不會咀嚼，而餵食稀粥或湯水之類也不是長久之法，一來怕昏迷的人嗆着，二來亦不會有充足的營養。故此，昏迷的人在飲食方面極難照顧。再者，我們還要考慮長期躺臥引發褥瘡，以及排泄物處理方面的問題（如此一來，筆者真的好難想像王子在一百年後見到玫瑰公主時的情景……）。不過，正所謂「講故就咪駁故」[2]，作者說是睡了，那就是睡了吧！

令筆者更感好奇的是，既然公主是睡了而不是死了，那麼在這一百年間，她的腦袋仍然有活動嗎？中國人有句話「日有所思，夜有所夢」。現在公主陷入了一個長達百年、日日夜夜都在睡的狀況。那麼，她仍會有夢嗎？在這段睡眠中，她會有多久活在夢境之中呢？她醒來之後會不會有很多曾經歷過的夢境可以跟別人聊呢？

心理學家對於睡眠的研究一直都很感興趣，因為睡眠佔據我們人生中很大的比例，幾乎有三分之一的時間。我們所有人都有一個內部的時鐘，

在不同的時間就會有不同的喚醒水平、新陳代謝、心率、體溫和激素活動的漲落。這種時間週期被稱之為生理節律（Circadian Rhythms）。以上提及過的活動漲落大部分是在白天達到頂點，而在夜裏的時間降到谷底。每一天，生理節律大約有三分之一是行為靜止的階段，這階段稱為睡眠。

有關夢的研究在 1937 年出現新的突破。從該年起，研究員開始應用腦電圖（EEG, Electroencephalogram）形式技術對睡眠者的腦波活動作出測量和記錄。通過分析 EEG 的數據，研究員發現人在睡眠時會有不同的階段，而且表現出一些可預測的變化。當我們舒服地躺在床上的時候，我們會慢慢地開始放鬆，腦波會慢下來到 8 ~ 12 cps。當睡着了並進入睡眠週期以後，在睡眠階段一之中 EEG 表現的腦波大約是 3 ~ 7 cps，睡眠階段二大約是 12 ~ 16 cps，睡眠階段三和四會進入很深的放鬆階段，呼吸和心率都會降低，腦波會放慢到 1 ~ 2 cps；之後我們的睡眠週期就到了最後階段，腦的活動會增加，進入快速眼動睡眠（Rapid Eye Movements, REM）的狀態，而在這狀態中我們會開始做夢。

前四個睡眠階段週期大約是 90 分鐘，而 REM 睡眠則持續 10 分鐘。一般人在一整晚的睡眠中會經歷四至六個這種 100 分鐘的週期（四個週期大約睡 6.5 小時，六個週期大約睡 10 小時）。在每一個較後的週期裏，我們花在深睡階段（階段三和四）的時間都越來越少，而花在 REM 睡眠的時間則越來越多。如此算來，在最後一個睡眠週期裏，我們花在 REM 睡眠的時間可能會長達 1 小時。總括而言，在一整晚的睡眠時間之中，我們大約會花 75% 至 80% 的時間在非 REM 睡眠之上，而大約 20% 至 25% 的時間在 REM 睡眠之上。不過，以上的只是一些平均的約數，根據現有的研究數據，REM 睡眠的長短亦會受年齡所影響。例如，嬰孩每天一般要睡 16 小時，而他們 REM 睡眠大約佔總睡眠時數 50%；五十歲的人士每天一般睡 6 小時，而他們 REM 睡眠只有約 20 分鐘；年輕人每天一般睡 7 至 8 小時，

而他們 REM 睡眠大約佔總睡眠時數 20%。

如此一來，如果按〈玫瑰公主〉劇情發展去回答上述問過的問題，答案十分簡單。第一，由於公主是睡了而不是死了，她的腦袋仍然會有活動。第二，以現有關於睡眠的認識來看，睡了的公主當然亦會發夢。第三，公主以十五歲的年輕人之身入睡並需要睡一百年之久，大約她會有 20% 的時間處於夢境之中，那大概是二十年之久；而有 80% 在無夢之眠上，那大約是八十年的時間。

可能讀者會想：「你不是說有科學數據嗎？為甚麼仍用『大約』二字呢？」因為在非 REM 睡眠的時間中仍有可能有夢，只是其可能性比較低。學者福克斯（Foulkes, W. D.）在 1962 年做了一個好殘忍的研究，就是在實驗參加者正在睡眠的時候叫醒他們，請他們回憶曾發過的夢。研究結果顯示如果實驗參加者於 REM 睡眠階段內被叫醒，他們能夠報告自己夢境的內容高達 82%；而如果在非 REM 睡眠階段內被叫醒，他們能夠報告的夢境的內容則只有約 54%。所以，有關最後一條問題，公主醒來之後能不能憶及自己的夢境，那就要視乎她在哪一個睡眠階段被王子喚醒了。

# 為甚麼王子都會拯救公主？

　　故事下半部分更可謂精采絕倫，光是想像睡一百年才醒來的人如何面對世界，就已經十分有趣了。上回講到城堡內的一切都隨着玫瑰公主一起沉沉睡去。大家可能跟筆者一樣好奇，國王、王后、公主睡了足足一百年之久，那麼這個國家還存在嗎？朝代會否就此更替？這國家沒有任何敵國嗎？敵國沒有因此有甚麼動靜嗎？國王沒有被退位嗎？公主睡來時還是公主嗎？一百年可以發生的事實在有太多。例如，以忽必烈定都元大都算起到 1370 年元惠宗死亡，嚴格意義上的元朝歷史就只有九十七年。又例如，互聯網由上世紀 1960 年代開始發展至今，其實還不到七十年歷史。一百年的沉睡……城堡裏的人們醒來面對世界時到底會有多震驚？

　　事實上，玫瑰公主的城堡成為了一個宗教及旅遊勝地（真的嗎？（⊙＿⊙））。根據故事裏的敍述，在城堡裏的人開始沉睡不久，四周就長出了高大茂密的蒺藜，如大籬笆一樣把整座城堡圍堵得嚴嚴實實。之後更流傳開一個傳說，指在這座古怪的城堡之中，有一位漂亮的公主在沉睡。故事又指，自從這傳說流傳開以後，不少王子都來此處探險，想穿過茂密的蒺藜去拯救公主。可是，他們全都死在蒺藜叢裏面（【對白設計】玫瑰公主城堡導遊：「各位王子來看呀！一具又一具的前輩遺體掛在城堡前面，何其壯觀！大家先看這具遺體。他是百年前遠近馳名的石硤尾小王子，他用作聘禮的那盒蛋撻仍緊握手裏！何其悲壯！正如我告訴大家的，這裏不就是一處所有王子必到的朝聖之地嗎？！一會兒下車後，純粹來觀光的王子排左手邊。想挑戰公主城堡的王子排右手邊，之後，工作人員會循例跟大家簽張生死狀。記得不要走太近，處理好挑戰城堡的手續後，我會來帶大家重點地見識一下幾位顯赫有名的王子遺體。旅程過後，我們帶大家去精品店買石硤尾小王子蛋撻鑰匙扣！」）

王子公主診療所：童話心理學教室

　　當然，這是一個童話故事嘛！總要有一位王子成功救到公主，不然就沒有戲唱了。其實，故事的作者沒有怎樣描述這位王子的。如果是現代的作家或漫畫家寫這個故事，大概會在王子身上多點着墨吧？！或許是轉生異世界的神奇王子，或許是帶着現代記憶穿越回古代的王子，或許是百年難得一見的劍術天才王子，總之就是能背負主角光環的設定吧！可惜，格林兄弟的寫法可能叫大家失望了。他們幾乎對王子的人物設定沒有怎樣描寫過，就是一個聽完爺爺講玫瑰公主傳說後，不聽勸告而去探險的男孩子吧！讀者心想，可能救公主的情節十分精彩呢？！也不是……故事只是寫到：這位王子抵達傳說中的城堡那天，時間正好過去了一百年。然後，他很輕鬆地就穿過了蒺藜叢進入城堡內部。然後，又是童話方程式的情節，王子見到公主覺得她美得驚為天人，於是就親吻了她（王子都是色中餓鬼嗎？ ₃(´ Д `₃)；公主被一個陌生男子在沒有得到她同意的情況下親吻完後，似乎就會情深款款地看着他（正常女性在這種情況下應該會賞他一

巴掌吧？ ₃(´Д`₃))。然後，城堡內一切都恢復了正常。然後，王子娶公主，故事完。雖然故事的發展平平無奇，但筆者反而一反常態地想稱讚一下作者在當中暗藏的智慧。對呀！王子並沒有甚麼特別之處，王子找到公主也沒有甚麼教人動容的情節；其實，王子公主之所以能開花結果，往往就是簡單的四個字 ——「時間正好」。不少女士人生中的 Mr. Right 不也是這樣出現嗎？

王子公主診療所：童話心理學教室

這童話故事的後半部分最吸引筆者的，不是男主角，而是那堆積如山的王子們的屍體……（嗯……對不起，好像想像得有點過火了……）

　　男主角的爺爺曾向他說，曾經有許許多多的王子到過玫瑰公主的城堡，他們都想穿過茂密的蒺藜林，可是都被纏在裏面死去了。問題來了。為甚麼王子都想要拯救公主呢？就算是到了城堡門前，見到一具又一具掛在蒺藜林上的王子屍首，王子們依然勇往向前，為甚麼？

　　沒有王子一生下來就知道王子是甚麼、要做甚麼。有一些心理學家們相信我們對自己的身份、角色，以及怎樣的行為才符合自己身份等全都是由文化塑造而成。對於一般的讀者而言，王子公主這類人可謂十分陌生。那麼，筆者就放下王子的話題，先講一般的男生吧。有沒有讀者認為，若有一個人生而為男生，即使不用教導，他隨年歲的增長亦自然而然地懂得做男生會做的事、負起身為男生的責任、言談舉止都表現出男生應當的標準呢？以各位讀者的聰明才智，應該都有正確的答案吧！對，答案很清楚：這樣可不行呢！因為世界沒有客觀存在的「男生定律」：只要生而為男生，那人就一定學會男生要做的事、負起男生一定要負的責任、言談舉止自然達至某種標準。不論是上述提及的哪一項，它們全都是由文化建構出來的。因此，要學習成為一個別人眼中合格的男生，後天學習絕不可少。

　　不過，讀者可能會感到疑惑：「你說的是真的嗎？我可沒有印象上過甚麼教我成為男生或女生的課？！」其實，教育各位成為男生或女生的準備早在你們出生前已經開始了。當你們父母從醫生那裏知道胎兒是男生或女生時，他們就開始按你們的性別作籌備。例如，他們會想一個適合你們性別的名字，「國強」、「廷軒」、「子傑」多半是給男生的名字，「玉鳳」、「懿德」、「淑芳」就多半是給女生的名字。又例如，他們會按你的性別購買嬰兒物資，「粉紅色」、「娃娃圖案」、「裙子」是買給女生的，

「粉藍色」、「機械人圖案」、「褲子」則多數是買給男生的。你們還未出生的時候，教育你們成為男生或女生的舞台早就搭好了，只等你們出生和上場！

　　性別角色的獲得和學習在你們的一生中幾乎沒有停過。根據魯賓（Rubin, J. Z., 1941－1995）等人在 1974 年的一項研究所指，父母在面對男嬰和女嬰時，連使用的字眼也會不一樣。例如，他們會傾向使用「堅強」來形容男嬰而用「嬌柔」來形容女嬰，會傾向使用「壯健」來形容男嬰而用「美麗」來形容女嬰。當你們慢慢成長的時候，父母又會因應你們的性別而給你們不同衣服、玩具，甚至房間裝潢等。按萊因戈德和庫克（Rheingold, H. L. and Cook, K. V., 1975）的研究所得，男孩子收玩具車作禮物遠多於女孩子，而女孩子收到的洋娃娃又遠多於男孩子。即使同樣收到床單、被褥、枕頭等物件作禮物，女孩子收到的也會有花邊或褶襉飾邊。以上的研究僅是展示了大家在童年時於家中受父母家人影響的經驗。

　　試想想自己其他的經歷！在你們青少年的時代，男生若穿着粉色衣服就可能被同學取笑是「姆型」（娘娘腔），女生剪短頭髮和穿褲子可能被同學取笑是「男人婆」（女漢子）。若面對蟑螂的出現，女生尖叫等待人幫忙，大概沒有人會嘲笑她們；可是，男生有一樣反應的話，應該會被人取笑沒有男子氣慨。大約到了中年，文化對你們性別角色的塑造和影響仍然會繼續。以香港社會為例，如果你是一位男士，在結婚生子以後待在家中，等你的太太外出工作來養活你和家人。相信你面對的壓力會不少，或會被人嘲笑「吃軟飯」（靠女人過活的意思）。可是，若女性擔當全職主婦的角色，社會很少因此而嘲笑她們，甚至可能會讚歎她們嫁得好，丈夫有本事自己一個人擔起養家的責任。其實，大家可以嘗試細心觀察，看看我們身邊有沒有人違反社會所認同的性別角色，以及數算一下他／她們的人數。我們大概就可以知道性別角色的社教化和群眾壓力有多麼的厲害！

從以上的心理學知識來看，為甚麼王子都會拯救公主？為甚麼一百年來王子們到了城堡後，看見各位前輩掛臘鴨一樣陳屍城堡門前，依然鼓起勇氣要闖一闖？看來他們在孩童時代玩過家家遊戲時，少不免經歷了許多「拯救公主才算是王子」的洗腦吧？！

## 註釋

[1] 「例牌」是粵語常用詞，意指慣常。

[2] 「講故就咪駁故」是一句粵語格言，意指：聽故事就好好地聽，別老是去挑故事裏的毛病並加以駁斥。

# chapter 07

# 人魚公主的故事

## 無私就可以上天堂嗎？

♛ 令王子飛不出人魚公主的五指山，可以嗎？

♛ 無私的行為真的很特別嗎？

筆者要向各位讀者坦白，一聽到美人魚三個字，筆者立即想起的不是安徒生的童話故事⋯⋯而是以下的一幅圖⋯⋯從小時候開始，筆者已經開始產生疑問，為甚麼美人魚的角色設定總是上半身人下半身魚呢？為甚麼不能出現其他的組合方式呢？例如，上半身魚下半身人、左半身魚右半身人、右半身魚左半身人、人臉魚身、魚臉人身、人形魚、魚形人等⋯⋯

　　不過，以上的都只是筆者無聊時的想像。說到最有名的人魚，那當然要數《安徒生童話》裏的人魚公主了。故事指大海深處有一個海底王國，而女主角是海王的小女兒。按照人魚的人物設定，每當美人魚年滿十五歲時，他們就會浮上水面看一看外面的世界。女主角在未到十五歲前，已十分嚮往外面的世界。每年都要聽聽姐姐們從外面回來時的分享。終於，到了女主角自己十五歲的時候，她能夠得償所願親自到水面窺探一下人類世界。唉⋯⋯麻煩事來了。如果女主角看到的是一名肥肥醜醜的宅男百無聊賴地在船上搓肚腩和挖鼻孔，那麼她可能可以平平安安地在海底王國裏

渡過一生。可是，她見到的卻是一位英俊王子在一艘豪華大船上舉辦着盛大的生日派對。光是見到英俊的王子就已經很吸引了，更不要說豪華的大船和盛大的派對。女主角自然是一見傾心。

人生，總是禍福無常！就在船上派對結束之後不久，王子的船遇上了暴風雨。一場暴風雨而已，一艘偌大的船便被摧毀了（王室、總統的座駕不是最安全的嗎？王子的船叫鐵達尼號嗎？怎麼一場風暴就散？（。_。））。在王子危難之際，人魚公主拯救了他，並把他帶到岸邊，免於溺斃。由於人魚在世人眼中終究是傳說中的生物，所以當有人發現王子的時候，人魚公主就立即走了。王子雖然知道有人拯救了他，卻不知道那人是誰。

公主回到人魚王國之後對王子牽腸掛肚。可是，正所謂「人魚殊途」，一條魚戀上一個人又如何能夠開花結果呢？大家試想想，光是講正常的夫妻生活和繁衍下一代的問題都頗難配合。試想像一下拍拖的地方，不是揚帆出海就是沿海走走，每一次拍拖都離不開海洋！當你的妻子是人

這麼高大的魚，其實你連淺水的沙灘都不敢去。因為在沙灘上面，你的妻子唯一可以做的動作叫做擱淺。也許，你也可以同妻子去水族館走走。不過，你要有心理準備，人家去水族館拍拖是去看大魚缸內的魚，你去水族館拍拖是去把你的妻子泡在大魚缸內。還有，筆者並非故意要說房事和繁衍的問題。然而，男主角可是一位王子，國家的未來總要後繼有人吧？回想一下各位讀者們看過的《人魚公主》影視作品。公主的下身是有鱗片的魚尾，她可不是哺乳動物呢！大家都有看過 Discovery Channel 有關魚類的節目吧？不少魚類都有要回到出生地產卵的習慣。雖然各品種的魚產卵多寡有所不同，但是都不會少。以三文魚為例，牠們產下受精卵的數量平均可達三千到四千粒。三、四千粒已經算是很少了。有些魚類更是能產下數以十萬計的魚卵，如鯉魚。最後，還有一點與人類極為不同，魚類繁衍大多數是體外受精的⋯⋯

大家可以想像一個情境。王子公主新婚燕爾。王子在宴會過後打算珍惜洞房花燭夜的時間，去找正在等待他的妻子。誰知王子一見到新婚的妻子，妻子就說要到河流的上游走走。王子感到十分好奇，為甚麼面對這良辰美景，妻子竟要求外出。王子問了公主以後，妻子就紅着臉低下頭，笑着說：「你太壞了，你明知故問！」說罷就潛下水裏往上游去。王子一臉茫然，只好立即叫隨從備馬，策馬去追自己的新婚妻子。到了河的上游時，王子見到妻子在河床裏細心地挖了一個坑，然後坐了在坑上。王子見狀，立即走過去看看妻子在做甚麼。妻子見王子走過來，便大聲地叫：「你先別過來！你這樣看着我，我會很害羞的！」不一會，妻子又嬌喘着跟王子說：「你來吧！我準備好了！」王子很好奇，一邊走過來一邊問：「叫我過來做甚麼？」公主的臉紅得像蘋果一樣，嬌聲答：「來⋯⋯來洞房嘛！」然而，王子一來，妻子便游走了。王子正丈二和尚摸不着頭腦時，他到了妻子原先坐着的水坑，見到一堆魚卵在水裏。他便想起他的妻子下半身是魚，於是⋯⋯時光飛逝，歲月如梭。五年之後，有一日，王子與妻子商量

家中的事，鄭重地問她道：「不如今年不去上游，好嗎？我剛在上個月底才把我們第一批子女的名字全草擬好⋯⋯另外，漁農署的署長告訴我，民間也開始有怨言了，說甚麼『農業有蝗禍，漁業有王禍』，抱怨王家的孩子們把附近海域的魚都吃光了⋯⋯不如下一次岳丈大人到訪時，請老泰山接孩子們到他家住一段時間吧⋯⋯」

　　由此可見，公主想盡辦法都要找出變身成人類的方法是十分理智的。公主向身邊不同的人請教，希望可以將現在下身的魚尾變成人類的下肢。最後，公主以她美麗悅耳的聲音作為代價，從深海女巫那裏換來了一罐能變成人類的藥水。強忍着變身的劇痛和失去聲線的代價，公主終於以人類之身與王子墮入愛河。王子對公主美麗的外貌非常着迷（其實有沒有一位王子是看重女子的內在美而娶她為妻的？（´・ω・`)？），尤其喜愛她動人的舞姿，毫不介意她不能言語。不過，好景不常。王子誤以為鄰國公主就是那次海難中的救命恩人，結果就放棄了他和人魚公主的戀情，決定迎娶鄰國公主為妻。

# 令王子飛不出人魚公主的
# 五指山，可以嗎？

　　為了這段愛情，人魚公主可謂犧牲甚大，可是卻只換來了一個悲傷的結局。歸根究底，不是因為人魚公主是魚，也不是因為王子的誤會，更不是因為救命恩人之介入，筆者認為是因為人魚公主不懂令愛情保持長久之法。回顧以上的故事內容，王子愛上人魚公主的原因有二：一、貌美；二、舞姿動人。這樣就足夠了嗎？如果王子遇上一位女生，她的樣子更美、舞姿更動人，那又怎麼辦？！

　　戀愛，並不是這樣談的！ <(￣3￣)y▬ξ

　　心理學家對於如何讓愛的關係能維持得更長久作出了不同的研究。心理學家亞倫（Aron, A., 1945－）就提出了有名的「自我擴張理論」（Self-expansion Theory of Love）來解釋關係的建立和依賴的程度。

　　當我們未有戀人的時候（如果你是從來沒有戀人，此題目令你感到傷心，先跟你說聲對不起），我們的自我概念裏當然沒有戀人的位置，我就是我。

　　　　　　　　我　　　　　　　　未來戀人

然而，當我們展開一段戀情以後，在我們的自我概念裏，我們就立即有了「某人的男友」或「某人的女友」的身份；而隨着相處的時日久了，我們的戀人會對我們的自我概念有更大的融入和影響。例如，我們對待戀人又好又專一，因而有不少人讚許我們為「最佳男友」或「最佳女友」，這讚許亦成為了我們建立自信的方向之一。

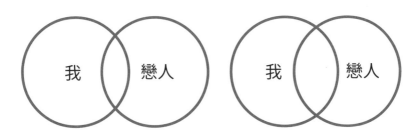

又例如，再過了一段日子，我們與戀人建立家庭了，在我們的自我概念裏就有了一個比「男／女友」更親密的身份，那就是「某人的丈夫」或「某人的妻子」。結為夫婦又會成為其他關係的基礎，如「女婿／兒媳」和「父親／母親」等；而這些新的關係在建立後，又會對我們的自我概念產生新的融入和影響。這就可以解釋到為甚麼一段關係維持的時日越長，兩者就越難分割開來。

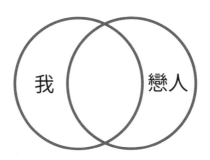

其實，按自我擴張理論的說法，在一段關係中擴張不只是自我概念而已。例如，我們或會一起存款、或會共置物業、或會合併投資等。我們與戀人之間亦會互相融入和影響彼此的資源，達至彼此更好的成長。總而言之，在一段愛情關係之中，我們將對方的資源、價值觀念和身份認同等納入我們的自我概念；這種自我擴張可以視為一種我們成長的動機之一，讓自己藉由愛情關係中彼此相依和支持獲得成長。講得淺白一點，若在一段戀情中，你的戀人越是能夠藉着依賴你而得到成長，你的戀人就越難飛出你的五指山。

從以上的分析可知，人魚公主與王子的戀情沒有開花結果，那是由於公主不懂亞倫的「自我擴張理論」。美麗的樣子和動人的舞姿或許可以為王子的生活帶來一點快樂。可是，那是留住戀人的長久之法嗎？故事指王子是一位知恩圖報的好人，所以才迎娶其「救命恩人」即鄰國公主。在筆者眼中看來，那只是表面一層的意思。「救命恩人鄰國公主」八個字的重點應該是在後四個字：鄰國公主。娶鄰國公主以修兩國之好，難道不是王子作為王位繼承人的責任嗎？因此，筆者認為人魚公主有沒有人腿不是重點，她亦不應以動人舞姿作賣點。人魚公主在展開戀情之後，應該極力嘗試為王子攏絡海底王國：幫王子的國家確保充足的漁獲、減少鯊魚攻擊泳客、打通珍珠的貿易等。當王子在國家裏的貢獻和地位十居其九都是藉由人魚公主的資源而來，王子又如何能夠捨人魚公主而去呢？這樣還需要害怕他另娶她人嗎？ (..・ ˘_˘ ・..)

# 無私的行為真的很特別嗎?

　　〈人魚公主〉的結局其實不算太悲傷。作者在故事裏對人魚公主最終下場可謂是手下留情了。由於王子另娶他人,按照深海女巫變身藥的藥性,王子結婚後的下一個黎明,人魚公主將化作波浪上的泡沫死去。疼愛人魚公主的姊姊們從深海女巫那裏求得一把匕首。她們把匕首交給人魚公主時,囑咐她要用此匕首殺死王子,並讓他的血滴到自己的腳上,這樣就可以恢復人魚之身回家了。人魚公主最後沒有照樣做,她在破曉之時把匕首扔到大海裏。她寧願自己忍受着黎明的陽光化為泡沫,也不願殺死愛人以求續命。作者其實有意在故事中標榜「無私」這美德。在故事較早的部分,人魚公主的祖母曾言:人魚雖長壽,但死後只能化為泡沫;人的壽數雖短,可是靈魂卻能在天堂得到永恆。人魚公主的無私令她獲得靈魂,前往神的國度永恆不朽(祖父母、爸爸、媽媽、疼愛自己的姊姊們死了都化為泡沫,天堂上只有你自己是人魚族的⋯⋯永恆地⋯⋯那是天堂般的祝福還是地獄般的詛咒?(>﹏<。))。作者似乎是想歌頌「無私」才是令人(或人魚)步入天堂的鑰匙。不過,無私的行為真的很特別嗎?真的只有人才會有無私的行為嗎?無私,才可以步入天堂?

心理學家對利他行為十分感興趣，因而對其進行了多方面的研究。有一點值得留意的是，若以「無私」一詞代替利他行為，其實不太準確。因為按照現有的研究所得，不少的利他行為都有「私」的成分在其中。以最廣為人歌頌的父母對子女之愛為例，此種愛一向被我們視為最無私的愛。然而，有學者從進化論的觀點作出分析，指生命的主要目標是繁衍後代，因為這樣可以令到自己的基因遺傳下去。不同的動物有不同的繁衍策略。以魚類為例，牠們每一次繁殖和生產都至少數以千計。牠們遺傳自己基因的策略是以生產量取勝。孩子是否健康成長？有沒有被別的魚類捕食？牠們一概不理會。因為子女數量龐大，總有一部分能長大起來，故此牠們少有育兒的行為。可是，人類則完全不一樣。女性懷孕過程長且生產辛苦，嬰幼兒期需要細心照顧，即使到了兒童時期亦難以自立。因此，為了令自己的基因一直傳下去，人類的父母會長時間悉心照顧自己的下一代，直到他們成年且有能力自立才慢慢地由照顧者的身份退下。由此角度去了解父母之所以疼愛子女，這並非出於「無私」而是「自私」的動機。或許，反過來看，若父母養育子女屬於一種無私的行為，那麼有哺育行為的動物都可以在天堂裏相見了！（難怪人魚死後不能上天堂，因為魚類多數是執行以量取勝的繁衍策略……（ㄱ ㄴㄱ）◇明白了）

　　如果轉一轉身份，不講父母子女間的關係，我們也可以見到社會上有不少幫助別人的利他行為。心理學家伯恩斯坦（Burnstein, E.）曾經做過一項研究，調查受訪者在日常生活情境及生死尤關情境中幫助他人的傾向，結果如下圖[1]所顯示。雖然沒有人會向研究員表達「我要保護我家族的基因」，但事實上卻真的出現了血緣上越親近而越有可能出手幫助的現象。提到對族群的付出，筆者不得不提及「偉大的旅鼠」之傳說。有傳旅鼠是一種有高尚情操的動物，當旅鼠數量過多而導致生存空間和食物都不足夠的時候，牠們就會集體跳海自殺（嘩！按照人魚公主祖母的說法，天堂是留給旅鼠的！（ ￣ ＾ ￣）ㄥ）。不過，原來這是假的……這個美麗的

傳說是源於 1958 年《白色荒野》（White Wilderness）紀錄片。有報導指在拍攝時旅鼠群根本不願意跳下懸崖，攝製隊在等了兩天之後感到不耐煩，於是便親自把旅鼠趕下懸崖 [2]（天啊！旅鼠們能不能上天堂我不知道，但是那攝製隊應該不行吧？（￣皿￣ ///））……雖然不知道旅鼠實際是怎麼想的（有報導指旅鼠真的會跳海，但那可不是自殺。背後動機只是一種當某地方的食物變少，便向其他地方找新資源的簡單行為。跳海只是因為計算失誤，以為大海像小河或是湖泊般可游到對岸，結果游不到對岸力竭而死的現象而已 [3]。），但是至少人與人之間的利他行為是實際存在的，只是利他行為沒有如人們所想像一般「無私」。

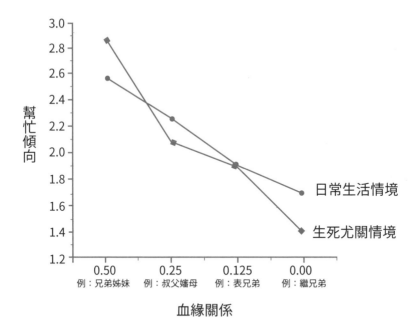

不！讀者們可能會覺得上述的說法仍然未完全解釋大家日常生活所見到的「無私」行為。

我們的確曾在報章、雜誌、新聞等見過人們為互不相識、毫不相干的人費盡心力地去救急扶傷的事情。這些利他行為又該如何解釋呢？如果又用進化論的角度去解釋，難道他們又想着保護「人類的基因」？有部分心理學家（如泰弗士 Trivers, R. L.）嘗試以「互惠性」去說明利他行為的出現。泰弗士引用其他學者的研究，指出即使是雀鳥也有利他行為。不少的雀鳥都會為牠們的鄰居充當站崗放哨的角色，在獵食者出現的時候牠們會為自己一家及鄰居發出警告訊號（按照人魚公主祖母的說法，天堂是留給雀鳥的！(￣＾￣)ゞ）。如果讀者你是 Discovery Channel 節目的常客，你可能會知道上述雀鳥的放哨行為，受益的往往不止於同類的雀鳥，鼠兔也會藉由雀鳥的鳴叫聲來躲避天敵。不過，科學家指出其實鼠兔與雀鳥是一種互惠互利的關係，鼠兔一方也有付出的，牠們有挖洞而居的習性，而雀鳥會進出牠們的洞穴來躲避太陽。筆者忽然以鼠兔與雀鳥作例子，是因為此例可以幫助讀者了解泰弗士的說法。他認為陌生人之間的利他行為同樣可以用「互惠性」去說明。簡單而言，人們之所以做出利他行為，那是希望其他人也會一樣，對我做出利他行為。今日你遇上了厄運時我幫助了你，他日當我遇上了厄運時也希望你會幫助我 [4]。有動物生態的研究指出吸血蝙蝠和黑猩猩都有此類互惠性的利他行為（按照人魚公主祖母的說法，天堂是留給人、旅鼠、雀鳥、吸血蝙蝠和黑猩猩的！(￣＾￣)ゞ）。

當然，筆者不覺得世上所有的利他行為都可以用上述的理論去解釋。不過，上述的各項說法倒是可以指出人魚公主祖母對於上天堂的說法有誤吧！如果她早知「無私」是進入天堂的入場券，其實她對人魚和人都不太了解吧？要麼，她把所有的人魚都看得太自私自利，連旅鼠、雀鳥、吸血蝙蝠和黑猩猩都不如；要麼，她把所有人的行為都看得太好太無私了，連父母幫孩子換塊尿片都拿到天堂的入場券了！

各位讀者，為了能夠死後上天堂，努力生育吧！

# 註譯

[1] 圖片來自：Burnstein, E., Crandall, C. & Kitayama, S. (1994). Some Neo-Darwinian Decision Rules for Altruism: Weighing Cues for Inclusive Fitness as a Function of the Biological Importance of the Decision. *Journal of Personality and Social Psychology*, 67(5), p.778.

[2] 許瑜菁：〈「旅鼠效應」造假畫面　BBC、迪士尼也被爆〉，ETtoday 國際新聞：https://www.ettoday.net/news/20111216/13156. htm#ixzz7MHIiWy71，瀏覽日期：2022 年 3 月 1 日。

[3] 國際中心：〈百萬隻旅鼠為何集體跳海尋短？專家：有 1 種可能性可以解釋〉，三立新聞網國際：https://www.setn.com/News. aspx?NewsID=948725&From=Search，瀏覽日期：2022 年 3 月 2 日。

[4] 詳細可參考：Trivers, R. L. (1971). The Evolution of Reciprocal Altruism. *The Quarterly Review of Biology*, Vol.46, No.1, pp.52-54。

# chapter 08

# 三片羽毛的故事

## 小王子是「缺心眼」還是「扮豬吃老虎」？

♚ 為何人總是會諉過於人？

♚ 人會忽然變得英明嗎？

這個故事並沒有如其他童話故事那樣有名，筆者猜想可能有些讀者連聽也沒有聽過。如果要在講故事之前，簡單地用一句話交代劇情大綱，那就是：這是一個兩位大哥欺負一個傻弟弟，而傻弟弟卻不知行了甚麼狗屎運，最終竟贏得王位的故事。好！交代了故事大綱以後，現在開始講述這個故事了。

故事發生在一個古老的王國。國王因年老體弱之故，開始在想身後事及王位繼承的問題。國王有三個兒子，都可能繼承他的王位。當父親的固然苦惱應該由誰去繼位，當兒子的亦希望自己爭奪到國王的寶座。在三位王子之中，老大和老二聰明伶俐，乃王位大熱之選；而老三沒有人看得上，因為他為人頭腦簡單，不善言辭，人人都叫他「缺心眼」。（小王子你到底有多蠢？間中被人罵一兩句「笨蛋」我相信很多人都會試過。但蠢到一個地步，蠢成為了你的別號，你的蠢看來不是一般人的層次啊！）為了選出自己的繼承人，國王提出了一個課題，誰能夠做到的就可以成為下一任國王。國王說：「你們各自去找一塊地毯回來。誰的地毯最漂亮，誰就能繼承王位。」（天啊！國王你是老糊塗了嗎？這是一項甚麼任務？這是一項為找出誰最有能力繼承王位的任務！除非你的國家是著名的地毯出口國，不然的話，能夠找出漂亮的地毯關繼承王位甚麼事呢？ (o_O) ?? ）以任務的成敗作為誰能夠獲得王位繼承權的判斷，國王覺得這樣做可以降低兄弟鬩牆的可能性。在說明好任務內容之後，國王將王子們領到城堡外面。就如抽籤後展開任務一樣，國王叫兒子們逐個過來。國王先後對着三片羽毛吹了一口氣，羽毛慢慢由空中飄落地上。結果，第一片羽毛落地時朝東，老大就向東行去找地毯；第二片羽毛落地時朝西，老二就向西行；第三片羽毛原地落在地上，這意味着老三只能留在原地去找（羽毛不是一定有頭有尾嗎？三王子的羽毛落地時總會有個指向的方向吧？難道他的羽毛是直插在地上的嗎？那……有可能嗎？ ━ Σ(°Д°|||)━ ）。

兩位哥哥忍不住嘲笑了弟弟一番，因為大家都知道城堡附近的領地不會有品質好的地毯。在大哥二哥都出發之後，小王子無計可施，因此十分難過地坐在地上。就在這個時候，小王子忽然發現羽毛落地的不遠處有一扇地板門（格林兄弟寫故事不要常常「穿崩」[1] 好不好？上一幕是國王帶兒子到城堡外面吹羽毛，下一幕是哪裏來的門？是二十二世紀機械貓的隨意門麼？）。小王子掀開了蓋板就走了進去（喂喂⋯⋯這樣做真的好嗎？小王子你從小到大沒有讀過甚麼鬼故事和都市傳說嗎？「試衣間的暗門」可是非常有名的都市傳說啊！你小心進了去，回不來了⋯⋯）。

　　小王子打開門以後，一直沿着梯級往下走，不久之後又見到一道門。他禮貌地敲了敲那道門，聽到門後有人說：「青青侍女跛着腳，跛腳小狗到處跳，瞧瞧有誰會來到？」之後門就打開了，門後的房間全是蟾蜍，而房的正中心蹲着一隻巨大的蟾蜍（那場面應該會很恐怖吧！試問各位

讀者，如果要你在一間鬧鬼的房間和一間全是蟾蜍的房間作選擇，你會選哪一間？）。

大蟾蜍開口跟小王子說話了（竟然？），說：「你來這裏幹甚麼？」如果我是小王子，我應該會說：「抱歉！來錯地方了！」然後關門就走……然而，這是一個童話故事，小王子當然會覺得一隻蟾蜍會說話是理所當然的，所以照樣像對一般人一樣同牠對話。小王子說：「我想要世界上最漂亮、質料最好的地毯。」大蟾蜍又吟了一句：「青青侍女跛着腳，跛腳小狗到處跳，搬來大箱子瞧一瞧。」然後，小蟾蜍們就拿來了一個偌大的箱子。大蟾蜍從箱子裏拿出一塊質地、圖案和色彩都可謂舉世無雙的地毯出來，並送給小王子。小王子在謝過大蟾蜍之後，便離開了地下室（Σ(°口°)這樣就可以了？先不要說那是一隻會說話的蟾蜍……就算是一個正常的人，在萍水相逢的情況下，給你一塊不漂亮的地毯，他都會問你討個十元八塊吧？那可是一塊舉世無雙的地毯啊！現在筆者終於明白了！粵語常用「邊有咁大隻蛤乸隨街跳啊？！」來反問世上哪會有那麼便宜的事？！原來這句話的出處是格林童話！）。

由於老大和老二認定他們的傻弟弟能力有限，不相信他可以找到甚麼好貨色，於是二人就隨便從牧羊人手上買下了粗糙的羊毛地毯回來（你們二人一起繼承王位嗎？你們之間都要一分高下吧？）。國王雖然感到驚訝，但是他仍依一開始所約定宣佈：「公正地依循約定，王位該歸老么！」聽到父親的宣佈，其他兩位王子當然不服氣，吵吵嚷嚷地說不能夠讓「缺心眼」靠運氣就登上王位。一會兒說「缺心眼」做事不小心，一會兒說「缺心眼」考慮不周全，老大老二不停地在國王身邊嚷着要再比試。自宣佈小王子為繼承人之後，國王的耳朵未有片刻的安寧。

# 為何人總是會諉過於人？

聽到他兩位哥哥你一言我一語地貶低自己，小王子當然很不開心。雖然大家生於王族，但彼此之間並沒甚麼仇怨，為甚麼為了王位可以這樣不顧手足之情呢？大家好歹都是同一父母所生，又一起長大……想到以往孩童時代的種種回憶，小王子不禁想起來自異國的一首詩。那是一首受兄長迫害的弟弟寫的詩。弟弟當時雖刀斧加身，但仍能以其急智創作，寫出一首提醒兄長二人兄弟情誼的詩。小王子是外國人，他讀的版本當然是洋文版，為了提升讀者與小王子間的共鳴，以下輯錄的是小王子讀的版本：

| | |
|---|---|
| Name of the poem: | Seven Steps |
| Author: | Plant |
| Contents: | Cook bean burn bean stalk, |
| | bean cries in the pot. |
| | Born from the same root, |
| | fry two why so quick? |

以上一段文字當然是純屬虛構。不過，其實小王子也不用因此而傷心。因為相信各位讀者都會知道，他兩位哥哥的行為其實並不罕見。若問大家，你們覺得兩位王子為甚麼會輸了比試呢？筆者相信應該有不少朋友會指出：他們輕看了老么、他們覺得老么力有不逮、他們未盡全力等等。老么的確是靠運氣贏得比試，可是他們未盡全力亦為事實。由故事對二人反應的描述看來，他們沒有認清自己的不足，而將問題全拋在小弟弟身上。然而，我們不應該責怪王子們，因為這種思維方式也非常容易出現在一般人身上。心理學家發現，當一般人成功的時候，他們往往會將成功的原因歸結於自己。例如，我在考試中取得第一名，這是因為我聰明過人；

我這次面試成功，是因為我的履歷好！另一方面，當一般人失敗的時候，他們往往會推託自己失敗的責任。例如，我在考試中未能取得好成績，這是因為試題刁鑽；我這次面試失敗，這大概因為人選是早就內定了！這現象就是心理學家所指的自利性偏差（Self-serving Bias）。

為甚麼我們的思維會有這種偏差的出現呢？那是因為我們喜歡問「點解」。筆者仍記得，在筆者小學的年代，同學之間有一個捉弄別人的 IQ 題：

> 提問的：「甚麼動物最喜歡問點解？」
> 被作弄的多半會很認真地想答案和回答，但多半都會錯。
> 提問的：「開估吧！是豬！」
> 被作弄的：「點解呀？」
> 提問的：「啊！你問點解！你係豬！」

當然，最喜歡問「點解」的其實是我們。面對不同的事件，人們往往都會嘗試確認事件發生的原因。失戀時問「為甚麼我的女友／男友要跟我分手？」；失業時問「為甚麼老闆要辭退我？」；失婚時：「為甚麼老婆／老公離我而去？」。正是這種思考的傾向令我們對戀人的「雙藍剔／已讀不回」感到反感。見到對方在已讀不回的狀態已有兩小時了，你心裏會問：「是不是她／他閱讀訊息的那一秒電話沒電，所以不能回覆我呢？」；已讀不回的狀況維持了三小時，你心裏又問：「是不是我在不知情的情況下得罪了她／他，所以她／他不回覆我？難道是因為今早沒有用 ＢＢ 來稱呼她／他？」；已讀不回的狀況維持足足四個小時了，你心裏不禁再問：「是不是我們的感情已經轉淡了？她／他不想理會我？畢竟我們已相戀了三日之久……」。這一種心理現象——「對某件事或某個行為結果找解釋的

理由」──心理學家稱之為「歸因」（Attribution）。

歸因理論（Attribution Theory）由奧地利心理學家海德（Fritz Heider, 1896－1988）所提出。海德認為人們之所以不斷做出因果分析，部分原因在於他們試圖全面地理解社會存在 [2]。根據海德的說法，在多數的歸因分析之中，當中主導性的問題是思考造成行為結果的原因是甚麼：到底是人的原因還是情境的原因造成結果的出現？從這問題又會衍生出另一個問題：有沒有人需要／誰需要對結果負責？「人的原因」還是「情境的原因」在海德的理論裏可分為內在歸因（Internal Attribution）以及外在歸因（External Attribution）。內在歸因是將一件事的結果歸因於人的內在因素，如個人能力、努力程度、情緒等；外在歸因則是將一件事的結果歸因於環境的力量，如事情的難度、運氣、際遇等。以考試的成敗為例，相關的內在因素可以包括考生的學術能力、溫習的勤奮程度、對學科的興趣等；相關的外在因素可以包括試卷的難度、猜中考題的運氣、教師的偏愛等。上文曾經提及過一般人在評價自己的事情時並不公允，往往會出現自利性偏差。不僅如此，人在評價他人的事情時亦常有偏差，心理學家稱之為「基本歸因謬誤」（Fundamental Attribution Error）。基本歸因謬誤指人們在解釋或推斷別人行為的原因時，經常會忽略外在因素的可能影響，而傾向認定其出於個人的內在因素。

我們若以歸因理論去看待小王子的經歷，我們就清楚明白發生了甚麼。兩位哥哥若然成功贏得比試，一定會認為是自己的內在因素導致成功；若然他們在比試中落敗，一定會認為是環境的外在因素導致失敗。至於小王子的成敗，在兩位哥哥眼中，若小王子贏得比試，一定會認為是環境的外在因素導致；若小王子輸了比試，一定會認為是小王子的內在因素引致失敗。不過，我們現在知道小王子其實無須傷心，因為一般人都是如此，他兩位哥哥並不是故意針對他呢！

# 人會忽然變得英明嗎？

　　故事後續的發展相信讀者們都猜到了吧？讓我們再看一看故事裏，國王是如何宣佈王位的繼承權將交付小兒子的：「這時，『缺心眼』也回來了，他將那塊美麗無比的地毯交給了父親，國王一看驚訝地說：『公正地說，王位該歸小王子』」。如果國王也希望小兒子繼承王位，他宣佈賽果時就是「欣慰地說」而不是「驚訝地說」吧？言辭裏亦不會有「公正地說」一句吧？這不是「此地無銀」的說法嗎？因此，筆者認為即使老大和老二不發難，吵吵嚷嚷地要求國王再次進行比試，國王也會找個借口取消小兒子的繼承權吧？於是國王表面上顯得十分為難地，再一次宣佈進行第二次比試。國王說：「這次誰帶給我一枚最漂亮的戒指，誰就能夠繼承王位。」（到底國王你在想甚麼？找地毯、找戒指……哪一樣是跟考驗王儲有關係的？筆者思疑是國王的爸爸找錯繼承人了吧？）然後，國王又在城堡外面

吹一次那三條羽毛以決定王子們出發的方向。出乎意料的是，這次羽毛落地的情況又是一模一樣。老大老二又是一東一西地走，老么自然又是在城堡附近進行任務。

這次兩位哥哥雖然口裏仍譏笑弟弟欠運氣，但是行動上卻不敢託大。他們二人作弊了起來，他們偷偷取出自己的金戒指，到城內的金飾店重新打造。小王子當然又再一次去找大蟾蜍，向牠要一枚世界上最漂亮的戒指。大蟾蜍立即吩咐小蟾蜍搬來一個箱子，從裏面拿出一枚世上任何工匠都造不出來的寶石戒指（原來大蟾蜍是可以直接就吩咐小蟾蜍做事的，害我以為甚麼「青青侍女跛着腳，跛腳小狗到處跳⋯⋯」是使喚小蟾蜍的咒語⋯⋯（°口°）！）。之後的故事，相信讀者們都猜到了。王子們呈上寶物之後，國王又一次宣佈老么的勝利。當然，老大和老二又一次不忿比試的結果，國王又再一次重啟下一次的比試。這次比試是「誰帶回家的新娘最漂亮，誰就繼承王位」（這根本是老國王自己想要的東西吧？好的地毯、漂亮的戒指，然後是兒子找老婆⋯⋯這些不正正是一場婚禮要用的東西嗎？老國王可真深謀遠慮啊！）。三條羽毛又一次出現，而落地的結果亦跟以前一樣。

小王子又再一次去找大蟾蜍。大蟾蜍果然名不虛傳，真的「咁大隻蛤乸隨街跳」，二話不說又無償地出手幫忙。大蟾蜍將六隻小老鼠套在一條空心的蘿蔔上，然後交給予小王子。小王子拿着蘿蔔，心裏很納悶，便問：「我要的是漂亮的新娘啊！拿着這些又有甚麼用呢？」大蟾蜍回答：「抓隻小蟾蜍放進去吧！」小王子便隨手抓了一隻小蟾蜍放進空心的蘿蔔裏。小蟾蜍被放進蘿蔔裏以後，神奇的事就發生了。六隻小老鼠變成了六匹駿馬，空心蘿蔔變成了馬車，小蛤蟆變成了一位美麗端莊的公主。小王子高興地親吻了公主一下，更立即與公主一起策馬回王宮見父王（天啊！小王子你明明是見到公主的「製作過程」的！你有沒有想過「她」始終是一隻

chapter 08
三片羽毛的故事：小王子是「缺心眼」還是「扮豬吃老虎」？

蟾蜍？「她」是真的變成了一位公主，還是一切只是一種掩眼法？你知不知道蟾蜍的舌頭是牠身長的三分之一？如果「公主」的身高有 160 厘米，她的舌頭長過 50 厘米。人類的食道從門牙算起到胃的入口處，平均都只是約 35-40 厘米。你可知道親吻這位「公主」隨時有可能噎死？如果想得長遠一點，縱然「她」現在真的是一位美麗的公主，但是「她」有沒有變回蟾蜍的一日？現在是否應該叫大蟾蜍為岳丈大人？如果你贏了比試，那麼大蟾蜍就是國丈了，一大群蟾蜍就成為了外戚。你的岳丈大人是一隻藏匿了許多舉世無雙的寶物且懂得魔法的大蟾蜍！你有沒有想過牠為甚麼會蟄伏於王城之下？你真的從未有想過大蟾蜍何以一再無償地幫助你？真是「有咁大隻蛤乸隨街跳」還是背後有更深層次的陰謀？別人叫你做「缺心眼」，原來你的蠢不是扮出來的，而是真的！）。

老大、老二與小王子一同回到王宮裏去。由於老大和老二經過多番的比試而失去了耐性，不願多費力氣去尋找漂亮的姑娘，因此只把普通的農家女帶回來（娶老婆可以這樣隨便嗎？）。國王看過三個新娘之後，再一次宣佈由老么繼承王位。老大和老二依然不同意，又吵吵鬧鬧地嚷着作最後的比試。這次，他們自己出題，指誰帶回來的新娘可以跳過大廳中央的鐵環，誰就可以繼承王位。他們認為自己帶回來的農家女子體格強壯，定能跳過鐵環，助他們贏得王位。誰知他們的妻子強壯有餘，靈巧不足。跳環時一個摔斷了胳膊，一個跌斷了腿。由於小王子的新娘是小蛤蟆變成的，新娘輕輕鬆鬆便跳過了鐵環。這下子所有人都無話可說了。最後，小王子順利繼位，成為了一位英明的國王。

不過，話說回來，故事最後一句也許會令讀者大惑不解：「小王子成為了一位英明的國王」？！故事的敘事是「小王子蠢到被人叫『缺心眼』＞王位繼承人的比試＞問大蟾蜍拿地毯＞問大蟾蜍拿戒指＞問大蟾蜍拿老婆＞贏比試」，然後作者忽然告訴我們小王子成為了一個英明的人。

What??? 為甚麼？故事到底要告訴我們甚麼？成為國王有益身心？還是，娶蟾蜍做老婆益智醒腦？又抑或，比試贏得多，智商升更多？到底在人的一生之中，有甚麼因素會影響人的智能發展呢？

喜歡將概念在開始討論之前弄個清楚明白往往是學者與一般人在思考上的一個很大的不同。筆者相信各位讀者對聰明、愚蠢、機靈、魯鈍等形容詞一定十分熟悉；對於 IQ、智力、智商等這些概念亦不會陌生。正是因為十分熟悉，我猜大家應該未曾認真思考過它們實際是甚麼意思吧？以聰明為例，它是一個形容人的詞彙，但是它跟高大、肥胖、健碩都不一樣。只要是見過我們一家的人，應該對以下的兩句話沒有任何爭議或猶疑：我的太太比我的寶貝女兒高大，但又比我矮小；我是我家中最肥胖的人，我的大女兒是家中最瘦的人。可是，運用「聰明」一詞時可沒有這麼簡單。我的太太數學運算能力比我高，人又比我果斷；可是，提到邏輯性的推理及處理資訊的能力時，家中沒有人比我優勝。那麼，我們二人誰比較聰明呢？在我們的生活體驗中，我們的確感受到「智力」的存在。有些人比較「聰明」一點，能舉一反三，跟他們說話不太費力；有些人比較「愚蠢」一點，就如「牛皮燈籠」[3] 一樣，跟他們說話吃力不討好。然而，智力不如身高和體重，沒有物質性的特徵，不能直接被觀察。如何定義「智力」？這問題在心理學界中亦已爭論了一段很長的時間。

本章向大家介紹一個在心理學家之間普遍同意的定義。這定義來自韋克斯勒（David Wechsler, 1896 — 1981），他認為智力（Intelligence）是有目的的行動、理性的思維和有效地應對環境的整體能力 [4]。韋克斯勒曾對學者作出了一項有趣的調查，調查訪問了一千零二十位研究智力的專家，95% 以上專家同意「抽象思維或推理能力」、「問題解決能力」、「知識獲取能力」為智力的重要組成部分。調查中還有「記憶力」（80.5% 專家同意）和「對環境的適應能力」（77.2% 專家同意）兩項被選為智力的重要

元素[5]。由此可見，從定義上來看，「智力」與「身高」和「體重」都不一樣，「智力」不是一個單一性的概念，當中包含了多元的要素在其中。因此，「智力」不能如「身高與厘米」及「體重與公斤」般簡單地作出評鑑。

那麼，有甚麼因素能影響一個人的智力呢？心理學家從兩個方面去回答這問題。第一是先天因素，第二是環境因素。先天因素方面的探討主要由遺傳和基因方向作出研究。普羅明與佩利爾（Plomin & Petrill, 1997）有研究指出基因越相似，其 IQ（Intelligence Quotient）值越接近（見下圖[6]）。

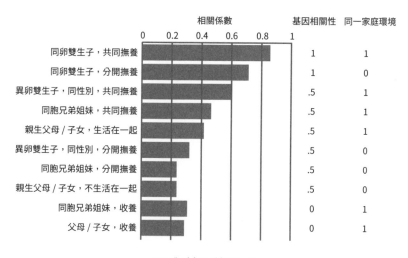

**IQ 與基因的關係**

雖然普羅明與佩利爾的研究指出了先天因素的重要性，可是這並不代表環境因素無關重要。環境因素從多種維度上影響着人的智力發展。下圖[7]正反映了社會地位對 IQ 的影響。

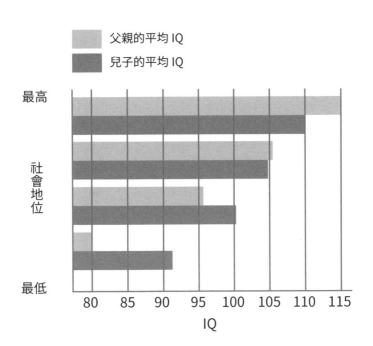

父親的平均 IQ
兒子的平均 IQ

最高

社會地位

最低

IQ

遺傳、環境和 IQ 間的關係

　　為甚麼社會地位能夠影響人的 IQ 呢？資源可以說是其中一項重要的因素。一個家庭擁有的資源對下一代的健康和教育都有顯著的影響。有關健康方面，在媽媽懷孕的時候，一個家庭擁有的資源可以影響她和胎兒的健康。在孩子出生之後，一個家庭擁有的資源可以決定他有沒有攝取足夠的營養。這些都是資源如何影響一個人健康的簡單例子，同時亦會影響到一個人的智力發展。在教育方面，教育對於一個人的智力發展的影響可謂不證自明的，而家庭資源對於教育的影響就更加明顯了。例如，書籍的購買、教育的機會和質素、有助學習的物資如電腦等。

如此看來，〈三片羽毛〉這個故事根本是一齣如《宮心計》一般的宮廷劇。根據現有的心理學研究證據而言，如果國王、大王子和二王子都不是笨蛋，小王子是笨蛋的可能性其實很小。我們有理由相信，小王子蠢得被叫「缺心眼」是他故意假扮的。他的父王有三個兒子，論資排輩，王位對他思之無益。再看看他兩位兄長的品性，比試輸了之後屢次都賴皮不認賬，可見他們是如何的蠻橫不講理。當然，他的父王若然是疼愛小王子，又怎會如此放任老大和老二撒賴，還屢次推翻賽果？！這個故事裏的比試獎勵可不是十元八塊的賭注而是王位的繼承啊！在這樣的家庭環境之下，為了掙扎求存，小王子只好在父兄面前裝作無力爭奪王位！這樣，小王子才不至成為老大和老二的眼中釘，讓他們覺得欲除之而後快！故事到了最後，王位繼承塵埃落定，小王子不用再假扮了，因而成為英明的國王！簡單的劇情暗藏宮廷內的波譎雲詭，這個故事有深度啊！

# 註釋

[1] 「穿崩」是粵語詞，又可叫穿煲或露底，書面語大約是露餡的意思。

[2] 格里格、津巴多著，王壘、王甦等譯：《心理學與生活》，頁 489。

[3] 「牛皮燈籠」是粵語的歇後語，用牛皮做的燈籠無論人用甚麼方法點亮它，由於質料所限，總是不太透光的。比喻某些人不明事理，不管旁人如何提點他，他總是不明白。

[4] Coon, D. 著，鄭鋼譯：《心理學導論——思想與行為的認識之路》（北京：中國輕工業出版社，2004 年），頁 425。

[5] 同前註，頁 425-426。

[6] 圖片來源：格里格、津巴多著，王壘、王甦等譯：《心理學與生活》，頁 273。

[7] 同前註，頁 275。

三片羽毛的故事：小王子是「缺心眼」還是「扮豬吃老虎」？

# chapter 09

## 畫眉嘴國王的故事

### 天使與魔鬼
### 是如何轉變成彼此的？

♛ 國王為何總是想做甚麼就做甚麼？

♛ 公主的個人成長之路

各位讀者，你們都已經讀到這一章了。在閱讀了這麼多的故事後，有沒有興趣自己寫一個童話故事呢？其實只要能夠掌握到童話故事的精要，自己寫一個又有何難呢？

首先，我們要設計一下人物的角色設定。

| 性別 | 品種 | 地位 | 職業 |
|---|---|---|---|
| 男 | 人類 | | 家裏蹲 |
| | 哺乳類動物 | | 啃老族 |
| | 鳥類動物 | 王族 | 富二代 |
| | 兩棲類動物 | | 尼特族 |
| 女 | 海洋生物 | | 御宅族 |
| | 昆蟲綱物種 | | 繭居族 |
| | 真菌類生物 | | |
| 又男又女 | 植物 | 非王族 | 隨便<br>總之待結婚 |
| | 死物 | | |

王子公主診療所：童話心理學教室

然後，我們需要思考一下角色的特徵。讀者們不用煩惱，隨便在下表選擇便可以。

| 特徵形容詞 | | | | |
|---|---|---|---|---|
| 青春期的 | 炯炯有神的 | 畫眉嘴的 | 蚊子一樣的 | 毛茸茸的 |
| 龍馬精神的 | 惡名昭彰的 | 火辣辣的 | 黑心肝的 | 酒桶身材的 |
| 一時衝動的 | 不勞而獲的 | 精神飽滿的 | 興奮激動的 | 綠茶的 [1] |
| 木頭般的 | 紅光滿面的 | 東施效顰的 | 愚不可及的 | 恭喜發財的 |
| 赤身露體的 | 火雞頭的 | 像死屍的 | 按捺不住的 | 缺心眼的 |

• • • • • •

再來就是參照《精神障礙診斷與統計手冊》中所列舉的病症為主角加上一種精神障礙，那就完成了角色設定的工作了。

| 精神障礙 | | | | |
|---|---|---|---|---|
| 認知障礙症 | 焦慮症 | 過動症 | 戀屍癖 | 施虐人格障礙 |
| 精神分裂 | 幽閉恐懼症 | 邊緣型人格 | 社交障礙 | 戀童障礙 |
| 抑鬱症 | 創傷後遺症 | 反社會人格 | 露體障礙 | 性別不安 |
| 強迫症 | 躁鬱症 | 心智遲緩 | 廣場恐懼症 | 身體完整認同障礙症 |

由於是童話故事的緣故，劇情一般而言都很簡單。大致上如下：

| 劇情發展 | | | |
|---|---|---|---|
| 先苦後甜類 | 普普通通類 | 無風起浪類 | 孤家寡人類 |
| 原本活得很苦 | 原本沒有<br>甚麼問題 | 自己為自己<br>製造問題 | 總之有問題 |
| ↓ | ↓ | ↓ | ↓ |
| 結婚 | 結婚 | 結婚 | 未能結婚 |
| ↓ | ↓ | ↓ | ↓ |
| 從此生活快樂 | 從此生活快樂 | 從此生活快樂 | 死 |
| 例子 | | | |
| 灰姑娘<br>長髮公主 | 三片羽毛<br>豌豆公主 | 睡公主<br>青蛙王子 | 人魚公主 |

● ● ● ● ● ●

從第一章閱讀至今，各位讀者都知道以上的元素你想怎樣配搭都可以，只要符合童話故事的主旨就可以了。那麼，童話故事的主旨到底是甚麼呢？看看灰姑娘的故事，一個大綠茶女主角配一個一時衝動的王子，結婚後便從此過上快樂生活。三片羽毛的故事有夠誇張，一個心智遲緩男主角配一個兩棲類女主角，但同樣地，結婚後從此過上快樂生活。白雪公主故事的人物設定不能再差了吧？！白馬王子既戀童又戀屍，但根據故事發展，二人結婚之後，同樣從此生活快樂。人魚公主的故事夠感人吧？男主角對恩人有情有義，人魚公主亦捨己為人。可惜婚結不成，人魚公主死去了。行文至此，各位讀者都知道童話故事的主旨是甚麼吧？！

只要哥哥肯結婚，哪怕妹妹近黃昏！

品種性別不用分，從此快樂一家親。

好吧！入正題了（現在仍未入正題？！（╯｀Д′）╯︵┻━┻）。這一章想跟各位讀者分享的故事叫作〈畫眉嘴國王的故事〉。這個故事的人物設定、特徵、劇情發展等完全符合了上述的創作童話故事 Formula。

故事講述在很久以前，某國的國王有一獨女。由於公主擁有美麗非凡的外表，她經常都瞧不起登門求親的人。傲慢無禮、目中無人、眼高於頂等詞語都不足以形容她的個性。因為她不光拒絕求親者之美意，還毫不掩飾自己的傲慢，往往當着人家的面就對其冷嘲熱諷一番。求親者一個接一個地被拒，國王亦感到心急如焚。不久之後，國王舉辦了一場盛大的宴會，廣邀各地有意結婚的男子出席。聰明的讀者們當然明白國王的心思。國王哪是辦一場普通的宴會？這根本是一場 Speed Dating 活動，是單身人士配對之夜。各地的單身男子都被邀出席，而在場的女士就只有公主！這明顯是為公主而辦的脫單活動 [2] 吧？！不過，筆者覺得假若在場有男士因被公主奚落後心靈大受打擊，在宴會上找到另一位男士惺惺相惜，互訴心事，相伴療傷而雙雙墮入愛河……這亦不失為一樁美事……（國王用心良苦啊！。°ヽ（°´Д`）ノ°。）宴會當晚，出席的不只有別國的國王，還有王子、公爵、伯爵等。公主行走在他們之間，對每一位都評頭論足一番。其中一位在場的男士被公主狠狠批評道：「這位太胖了吧？像個啤酒桶一樣。」另一位男士因其高高瘦瘦的身形而被她取笑：「活像一隻大蚊子般！」矮的被公主嘲諷「五大三粗」，臉色蒼白的被公主說是「死屍似的」，臉色紅潤的被公主評為「像一隻公火雞」……有一位男士因腰挺得不夠直而被說成是「像一塊放在爐子後面烤乾的彎木頭」……話說回來，筆者覺得在怪責公主之前，實在不能不稱讚一下她，她的文學修養似乎很好。高矮肥瘦在她的腦海中都可以找出不同的比喻之物，厲害！但更厲害的是，

世上還真有人長成這樣！難道世上真的有近年日本漫畫很流行的現象——異世界轉生？！不然的話，我們又很難解釋何以有人的樣子會這麼奇特……（還有一點，讀者請看一看前兩頁的特徵形容詞表。格林兄弟似乎都有使用它呢！(｡ ￣ ∀ ￣ ｡) 筆者提出的童話故事創作法有信心保證啊！）

本故事的男主角，當然就是其中一位被公主嘲笑的受害人。他是一位國王，也是在場參與宴會的其中一位男士。他的相貌比較奇特。根據故事的描述，這位國王下巴長得十分翹。按公主嘲諷他的言詞內容，他這下巴跟畫眉鳥的嘴長得一模一樣。經公主嘲諷以後，「畫眉嘴國王」的諢名就不脛而走。筆者問了一位見識豐富的朋友——谷歌，如何都查不到這國王的相貌到底是怎樣？！似乎網路上並未存有一種說法清楚地描繪出「畫眉嘴國王」的相貌。筆者大膽地嘗試想像出「畫眉嘴國王」的樣子。下巴十分翹，而且翹得像畫眉鳥的嘴巴……這不正是機械貓的朋友小夫嗎？！他由漫畫的世界轉生到童話的世界了嗎？

　　國王發現女兒一直在宴會上嘲弄他人，對每一位來求親的人都嗤之以鼻，他勃然大怒（國王當然大動肝火，來的不是別國的國王，就是王子和爵士。公主一口氣把他們全得罪了。這亡國之期還會遠嗎？（ＴдＴ））。國王發誓要把公主嫁給第一個上門來討飯的乞丐！幾天之後，有一個衣衫襤褸、骯髒不潔的人在王宮窗下賣唱，以求討一點施捨。國王聽見歌聲後，便吩咐人把他帶來宮裏。那人便在國王和公主面前唱起歌來，唱完以後便懇求國王能給他一點賞賜。誰知國王一開口便說：「我就把我的女兒許配給你吧！」公主經一番徒勞無功的掙扎，最後還是被迫嫁給這賣唱的乞丐。婚禮結束之後，國王更是說：「現在你已是一個乞丐的老婆了，不宜再留在王宮裏！」言訖立即把她趕出了王宮。

# 國王為何總是想做甚麼就做甚麼？

　　或許，各位讀者對公主的遭遇並不感到婉惜。不過，若平心而論，國王的行為又是否恰當呢？為甚麼國王總是一位想做甚麼就做甚麼的角色呢？在青蛙王子的故事裏，國王下旨把自己的女兒嫁予一個只認識了不足一天，而且剛剛由青蛙變回人類的陌生人。他有問過女兒的意願嗎？在三片羽毛的故事裏，先不要說國王以三個與管治能力完全無關的測試來決定繼承人是多麼不合理。之後他一再地推翻老么勝出的賽果，他有考慮過兒子的感受嗎？在本章的故事裏，國王更是要把女兒嫁給乞丐，不管女兒已被嚇得渾身發抖，也不理會她以後的生活如何。童話裏的國王就是這樣的一種角色：獨裁、專制、想做甚麼就做甚麼！在我們慶幸自己不是生於封建君主專制社會的同時，我們亦可以嘗試了解一下為甚麼國王多數都是這樣子。

　　或者，許多人都會想：「這是個別的例子吧？實在是那些人本身的個性不好，所以才會如此做。」可是，大家有沒有想過，縱然一個人在登基前是一個老好人，權力的滋味也可能會令那人的意志發生改變呢？有關這個議題，美國一名心理學家菲利普‧津巴多（Philip George Zimbardo, 1933－）曾進行了一項可謂傳奇性的研究 —— 史丹福監獄實驗（Stanford Prison Experiment）。筆者以「傳奇性」去評價史丹福監獄實驗並無誇張。它令我們反思對人性的看法，讓我們反省情境對人的影響。它是一項被提早終止的實驗，但是它卻出現在大部分的心理學入門教科書之中。它除了吸引學者們注意，還被改編為小說和電影！

史丹福監獄實驗在 1971 年進行，是一個經典的社會心理學實驗。實驗召募的參加者都是一些身心健康、情緒穩定的大學生。津巴多以隨機的方式將他們分為獄卒和犯人兩組，參加者被要求在兩周的時間內置身於一個模擬的監獄環境中。在實驗開始之前及進行期間，沒有人會教這些參加者應該如何扮演他們的角色。參加者的行為是按自己原本所擁有的知識去行事的，例如：書本、電影、新聞等關於獄卒和犯人的描述。這個監獄

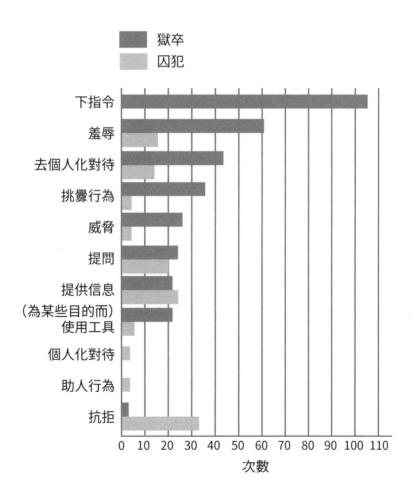

實驗很快就做不下去了。津巴多因為觀察到極其嚴重而且意外的情緒和行為後果，其中有五名出現極端反應的「犯人」被提前結束實驗的參與。後來，一位名叫克里斯蒂娜‧瑪絲拉奇（Christina Maslach, 1946 —）的研究生在參觀完「監獄」以後與津巴多進行商議，最後令這項監獄實驗在第六天就提早結束了 [3]（題外話，在 1972 年瑪絲拉奇成為了津巴多第二任太太）。為甚麼實驗要提早結束呢？前頁的圖表 [4] 能讓大家看得一清二楚。

上圖是實驗被分派為「獄卒」和「犯人」參加者的行為出現頻率。從圖中可見，在短短六天的互動記錄之中，「獄卒」運用的多數都是一些高壓性質的手段，如：下指令、羞辱、去個人化對待、挑釁行為、威脅等。只是六日的時間，這些高壓性質的手段加起來使用頻率不少於一百五十次！原本身心健康、情緒穩定的大學生變得專橫、企圖支配一切，而且對於「犯人」充滿敵意。一個虛構的身份，一所模擬的監獄，這就讓人的性情出現大幅度的轉變。到底背後的原因是甚麼呢？答案很簡單：權力和地位的差異。

津巴多在進行史丹福監獄實驗後寫了一本書，名叫《路西法效應：好人是如何變成惡魔的》。筆者認為這書名改得好，有畫龍點睛的效果！在該書之中，津巴多明確地指出：「我們有些志願者被隨機指定扮演獄卒角色後，很快便開始濫用新取得的權力而做出虐待狂的行為，他們日夜無休地貶低、鄙視、傷害『囚犯』」 [5]。權力就是參加者變得邪惡的原因。這代表了甚麼？這代表了一般人向來慣用的善惡二分法有極大問題。在津巴多的推論之中，我們不應該再以「有些人天性善良，所以社會有好人做善舉；有些人生性殘暴，所以社會有惡人幹壞事」去了解人性。他認為史丹福監獄實驗證明了好人會因為情境的強大力量而變成惡人。善惡之間沒有不可逾越的鴻溝，情境的強大力量可以使得好人做出惡事。在史丹福的模擬監獄中，我們見到的不是「惡人幹壞事」，而是身心健康的大學生因權力和

地位的差異而變了惡人，刻意去傷害、虐待、羞辱其他人。他們不是生性邪惡，而是明知故犯！津巴多在書中更進一步提醒我們，權力和地位的差異只是令人變成惡人的眾多可能因素之一。能夠令人性改變的情境力量有許多，可以是社會文化的影響，可以是專家權威的話，也可以是身處團體所施予的壓力。若我們希望做好人而得一生平安，我們就要好好對抗有害的情境力量啊！

如此看來，童話故事裏的國王們或許登基前如我們一樣，都是身心健康、情緒穩定的正常人。可是，他們往往到了最後表現得獨裁、專制、想做甚麼就做甚麼。這樣看來是因為他們敵不過權力的強大力量而變成惡人呢！因此，回想我們之前讀過的童話故事，待故事裏的王子成為了國王、公主成為了王后之後，那故事仍會是童話故事嗎？

畫眉嘴國王的故事：天使與魔鬼是如何轉變成彼此的？

# 公主的個人成長之路

　　故事接下來的發展當然會折騰那眼高於頂的公主一番。她嫁的可是一名乞丐啊！那乞丐在帶公主回家的路上，有意無意地路過一些好地方，包括一片大樹林、一片美麗的綠草地和一座漂亮的城市。在他們路過這些地方的時候，公主都問乞丐這些地方是誰所擁有。乞丐告訴她是那位心地善良的畫眉嘴國王的。不僅如此，他更嘲諷公主要是她當初嫁給畫眉嘴國王，現在這些地方都是她的。當公主聽到的時候，她一再感歎：「我這個可憐的女孩子啊！要是我嫁給畫眉嘴國王就好了！」回到乞丐的家以後，公主發現那住處又小又窮酸，而且生活上再沒有傭人供其使喚。生火、燒水、煮飯等的工夫都要自己去做。公主之前哪有幹過這些粗活呢？可是，成為一名乞丐的妻子都已成事實了，她還可以怎樣呢？公主只好硬着頭皮去做。就這樣過了幾天，公主才剛剛開始適應下來，新問題又來了。乞丐告訴她家中的錢已經用盡了，要求她為維持家中生計外出工作。乞丐首先要她嘗試編織筐子，可是她把雙手都弄傷了。乞丐見編筐子似乎行不通，於是轉為要她去紡製絲線，可是她又把手指都勒得流血了。乞丐不但沒有可憐他的妻子，更是狠狠地責罵了她：「哎呀！你甚麼也幹不了！娶了你當老婆，是我倒楣透了。」

　　那次之後，乞丐不再要求公主造些貨品去賣，而轉為要求她把鍋碗瓢盆等陶器拿去市場上去叫賣。起初，公主對這拋頭露面的工作是拒絕的，她怕別人認出她曾是高高在上的公主而嘲笑她。可是，乞丐告訴她這是唯一讓他們不會活活餓死的辦法。這陶器生意一開始時是蠻順利的，不少人因見公主貌美都來買她的東西。兩口子靠她賺回來的錢平穩順遂地生活了一段時間。可惜，好景不長。某日，一個喝得醉醺醺的騎兵沖到她的貨攤，把所有的陶器都踩得粉碎。公主只好跑回家裏向自己的丈夫哭訴自

己的遭遇。乞丐又責備她，說：「哭又有甚麼用？我見你甚麼活兒也幹不了，我便到了王宮打聽。看看那裏有沒有工作適合你。他們答應了你可以先試試在那裏做幫廚女傭，替廚子們做些髒活。好處是你可以在那裏吃飯。」公主在那裏工作時，每天都會把殘羹剩飯帶回家中。

某一日，王宮舉行了一場盛大的舞會，慶祝國王的長子十八歲生日。這位可憐的公主躲在門後偷望舞會。公主望着衣着華麗的賓客、富麗堂皇的大廳、香味撲鼻的佳餚，不禁回想起自己以往貴為一國公主的生活。然而，因為自己的傲慢無禮而結束了這種愜意的生活，因為自己的目中無人而淪落到現今淒慘的境況，公主感到痛悔不已。不過，痛悔歸痛悔，人還是要繼續生活的。公主向僕人們拿了殘羹剩飯準備帶回家去。就在這個時候，國王的長子在進場的時候發現了這個站在門後的女子，二話不說便抓住她的手，說要和她跳舞。公主頓時嚇得渾身發抖，因為她認出這抓住她手的人就是那個畫眉嘴國王（我真是一頭霧水了。畫眉嘴男子到底是國王還是王子？此處說他是「國王的長子」，那就是王子吧！那麼，在故事較早的情節中，他自報身份為「國王」是虛報身份嗎？我都被格林兄弟弄糊塗了。好罷！之後的情節我叫他「畫眉嘴男子」就算了（｀ヘ´＃））。男子始終力氣大，不管公主怎樣掙扎，她還是被拉進了大廳裏去。在掙扎過程中，公主更是把口袋裏的殘羹剩飯跌了出來，引得舞會上的人哄堂大笑。公主此時羞愧得想找個地洞鑽進去。正當她想衝出大廳時，她被畫眉嘴男子攔住了去路。

請各位讀者有心理準備，神反轉的劇情要來了！

畫眉嘴男子用溫柔的語氣對她說：「別害怕！我就是你的丈夫！我就是那個跟你一起生活在那破爛小房子裏的乞丐呀！因為我實在太愛你了，所以才喬裝打扮成乞丐來娶你！你還記得那個騎兵嗎？那個衝到你的貨攤

畫眉嘴國王的故事：天使與魔鬼是如何轉變成彼此的？

把陶器踩得粉碎的醉騎兵，也是我呀！我之所以做出這些事，全是為了克服你的傲慢無禮。也算是懲罰你嘲弄你的新郎！」（天呀！公主要有多大程度的臉盲症才會認不出這位樣貌如此特殊的男子？他的下巴可是長得跟畫眉鳥的嘴一模一樣啊！除非畫眉嘴男子說漏了一句重點：「因為我實在太愛你了，所以我砍掉了自己的下巴……」(╯ˋ□ˊ)╯︵┴─┴)

在這樣神反轉的劇情下，公主聽畢畫眉嘴男子之言，一邊痛哭流涕，一邊對畫眉嘴男子說：「我的為人實在是太糟糕了，我不配做您的妻子。」畫眉嘴男子卻安慰公主說：「讓已發生的事情過去吧！現在我們就舉行婚禮！」宮裏的傭人們隨即替公主打扮得花枝招展。她父親和宮裏的人都來祝賀她和畫眉嘴男子新婚幸福。（如果公主真的覺得自己配不上畫眉嘴男子，那她到底有多笨？畫眉嘴男子品格很高尚嗎？如果要筆者用一個詞語形容他，筆者會用「居心叵測」。他的行為跟打劫一個富人，事後訛稱要他體驗窮人生活，讓他知民間疾苦有甚麼分別？不管最後目的有多高尚，這亦不能夠合理化你不正義的手段。在愛情路上，男女雙方你情我願才叫相戀；女方不情願，而男方仍死命癡纏，這叫痴漢……（╋⊙д⊙））

不過，話說回來，公主她真的會改變嗎？筆者就覺得有可能她因生活困乏，眼見重投上流社會生活的機會就在眼前，這才刻意迎合一下畫眉嘴男子。始終在食飯飲水都不能滿足的時候，尋求基本需求之滿足才是首位。有關人類成長動機與需求之研究，我們就不能不提及亞伯拉罕·哈羅德·馬斯洛（Abraham H. Maslow, 1908 — 1970），馬斯洛被稱為人本主義心理學之父。有趣的是，馬斯洛並非一開始就埋首人本主義心理學的研究。在 1935 至 1937 年間，馬斯洛對行為主義極為熱衷。據他自己的說法，他對行為主義的熱情在他初為人父時消失殆盡。他說：「我敢說，任何養過小孩的人，絕不可能是個行為主義者。」他此話其實有點言過其實。事實上，馬斯洛在他之前的學習和工作經驗之中已經留意到動物在飽足和健康時會較喜歡探索環境，牠們似乎具有一種邁向健康的基本驅力。行為主義「環境刺激＞反應」的模式並未能充分地解釋這類行為。這些經驗都為馬斯洛轉向研究人類自我實現動機埋下了種子。

在馬斯洛的學術生涯中，需求層次論（Need Hierarchy Theory）可謂其提出過最著名的理論之一。根據需求層次論的說法，

人的需求包括了以下的五層：

♦ **第一層 —— 生理需要**

馬斯洛認為生理需要在所有需要中佔絕對優勢。他在《動機與人格》一書中指出：「一個同時缺乏食物、安全、愛和尊重的人，對於食物的渴望可能最為強烈」[6]。

♦ **第二層 —— 安全需要**

按照馬斯洛的說法，一個地方如果經常出現出人意料的情況、教人無法應付的事或混亂不堪的狀況，那麼這個地方絕對不是我們的桃花源。我們更喜歡一個安全、可以預料、有組織、有法律的、可以讓我們依賴的世界。

♦ **第三層 —— 歸屬和愛的需要**

馬斯洛指出如果生理需要和安全需要都很好地得到了滿足，愛、感情和歸屬就會產生，並且以此為中心[7]。當歸屬和愛的需要成為一個人的中心需要時，他強烈地害怕孤獨，不願嘗到與人疏離的痛苦。

♦ **第四層 —— 自尊需要**

馬斯洛認為社會上絕大多數的人都有一種「獲得對自己的穩定的、牢固不變的、通常較高的評價的需要或欲望」[8]。自尊需要是指一種對於自尊、自重和來自他人的尊重或欲望[9]。這種感覺使人覺得自己在世界上是一個有價值的、有力量的、有能力的、有位置的、有用處的以及是一個必不可少的人。

◆ **第五層 —— 自我實現的需要**

　　很多現存的書在闡明馬斯洛「自我實現」的概念時都把它弄得十分複雜，實在是弄巧成拙。筆者則認為馬斯洛自己已經講得很清楚明白。以下引用兩段馬斯洛自己的文字以示「自我實現」的意思。馬斯洛明確地將「自我實現」定義為：「它指的是人對於自我發揮和自我完成（Self-fulfillment）的欲望，也就是一種使人的潛力得以實現的傾向。這種傾向可以說成是一個人越來越成為獨特的那個人，成為他所能夠成為的一切」[10]。他又指出一個人正在從事着自己所適合幹的事情，那就是自我實現了：「一個人能夠成為甚麼，他就必須成為甚麼，他必須忠實於他自己的本性。這一需要我們可以稱之為自我實現（Self-actualization）的需要」[11]。

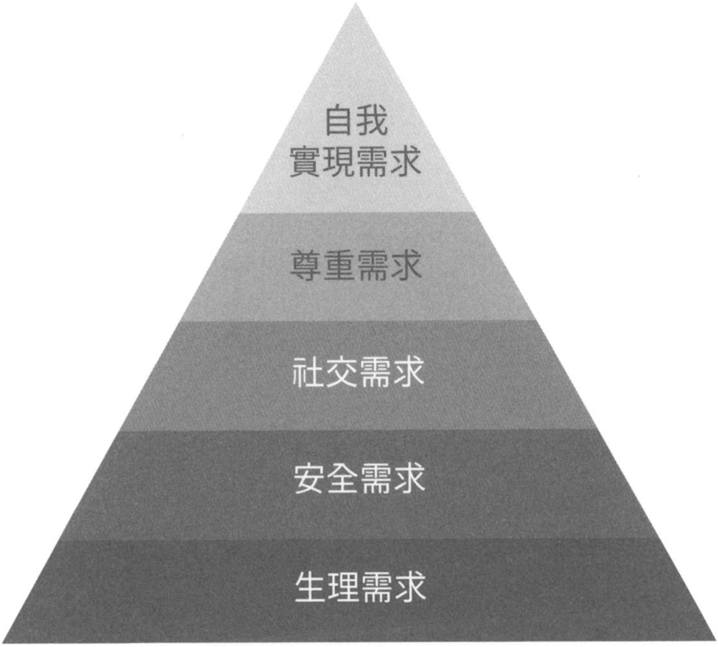

自我
實現需求

尊重需求

社交需求

安全需求

生理需求

畫眉嘴國王的故事：天使與魔鬼是如何轉變成彼此的？

若使用馬斯洛的理論對公主在故事結尾的行為作出分析，筆者不太相信她是真心誠意地懺悔並變成好人的。自嫁予乞丐以後，公主可謂長期處於食不好、喝不好、住不好的狀態。對她而言，她最大的願望會是怎麼的呢？不難想像，她心目中的烏托邦一定是一個食物和飲料充足，且起居生活舒適的地方。在畫眉嘴男子自白的那一刻，對公主來說她生活的意義就是吃、是飲、是住。那一刻的公主就是為了食物、為了飲料、為了住處而活。甚麼面子、愛、尊重等都是可擱於一旁的奢侈品，因為它們既不能填飽肚子，亦不能令生活變舒適。由此看來，公主到底是否真心改過，還是會在重拾富裕生活後故態復萌？我們只能說句：請各位拭目以待。

王子公主診療所：童話心理學教室

# 註釋

[1] 「綠茶」為內地網絡流行語，泛指外貌清純脫俗、楚楚可憐，實質生活糜爛、思想拜金、善於心計並靠出賣肉體上位的妙齡女子。

[2] 「脫單」是網絡流行語，指脫離單身的意思。

[3] 詳細可參考：格里格、津巴多著，王壘、王甦等譯：《心理學與生活》，頁 482-483；津巴多等著，王佳藝譯：《普通心理學》（北京：中國人民大學出版社，2008 年），頁 516-517。

[4] 圖片來源：津巴多著，孫佩妏等譯：《路西法效應：好人是如何變成惡魔的》（北京：三聯書店，2010 年），頁 240。

[5] 同前註，頁 245。筆者對中文版的內容略有改動，按英文原文潤飾了中文版的翻譯。

[6] 馬斯洛著，許金聲譯：《動機與人格》第三版（北京：中國人民大學出版社，2007 年），頁 19。

[7] 同前註，頁 26。

[8] 同前註，頁 28。

[9] 同前註。

[10] 同前註，頁 29。

[11] 同前註。

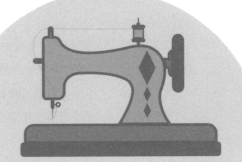

# chapter 10

# 國王的新衣的故事

## 小孩子比大人更誠實嗎？

♛ 人家都說是對的，我要跟嗎？

♛ 孩子都是純真赤誠的嗎？

這一章跟大家講一個家喻戶曉的故事，一個在筆者「有無可能呀？榜」榜上恆常地排第二的故事。「有無可能呀？榜」顧名思義，是當某些事情發生了過後，筆者第一時間會驚歎「有無可能呀？」的事情的排行榜。〈國王的新衣〉這個故事能夠恆常地排第二已經十分厲害，因為榜首的故事更令人歎為觀止。雄踞榜首的一直都是筆者自己的故事。筆者偶爾會在自己的書中談談自己的事。如果讀者有興趣，可以去找《香港都市傳說全攻略》第二百二十三至二百二十四頁看看，其實可能筆者自己都是一個都市傳說。若一時三刻找不到那本書，以免好奇心旺盛的讀者心癢癢，筆者在此簡單講一講筆者與收銀機的故事。

筆者約人從不遲到，主要的原因是筆者經常比預定時間提早很多出門。尤其需要買東西的時候，筆者會提早更多時間出門。為甚麼呢？因為「意內」。甚麼是「意內」呢？這是一個筆者用來形容自己生存狀態而造出來的一個詞語。早年在電視上，筆者看到鄭裕玲女士有一個廣告，其中一句「意外，意外，就是意料之外嘛！」可謂金句。然而，如果一個人經常遇上意外，頻率之高已達到一個「有意外是意料之內」的程度呢？那麼，我們還能夠稱這些事件為「意外」嗎？筆者遇到「意外」的頻率之高，應把鄭裕玲女士那金句改為「意外，意外，就是意料之內嘛」。「意內」一詞正是因為這樣而出現。

各位讀者，請問你們在收銀機前排隊等付款時，經歷過的最差體驗是甚麼？試過心急付款時，有一位眼睛瞇成一條縫的老婆婆在數毫子付款嗎？試過收銀員入錯賬單，貨品的數量不對嗎？試過收銀機壞掉了嗎？讀者可能覺得以上都很普通，對吧？不，筆者的經歷比以上的都要誇張。你們可能只是偶爾遇上壞機吧？筆者是經常遇上壞機，其頻率高達到一個地步，就是收銀機的每一種壞機的可能性都曾經歷過，例如：貨品掃瞄器掃瞄不了、收銀機的貨幣匣子彈不出來、收銀機的顯示屏沒有畫面、收銀機

的單據打印器不能打印、電子付款的感應器全都壞掉了等等。其中一次最誇張的經歷是發生在九龍城廣場底層。某日，筆者和家人去逛街，在底層某商店購物後，我們拿着貨品排隊等付款。那天人流很多，等了許久才到我們。就在收銀員掃瞄完所有貨品，我們正要付款的一剎那，那商店停電了。我們望出商店外，其他商店仍燈火通明。這代表只有我們身處的這一間商店停電。一把非常熟悉、自小就常常鼓勵筆者，叫筆者不要相信自己運氣不好的聲音狠狠地跟筆者說：「潘啟聰！你出店舖外等！你留在店舖內這停電就肯定無法修理好！」臨離開商店前，太太還捏了筆者手臂一下。筆者當時心想：「不如將世界末日都算在我頭上吧？」然後，大約在筆者離開商店後三秒左右，停電就修理好了。這就是作為榜首——筆者的威力了。

好吧！不阻礙各位的童話之旅了，本章開始入正題講〈國王的新衣〉了。為甚麼會選〈國王的新衣〉為最後一章的故事呢？因為童話故事裏的王子的最終章不就是成為國王嗎？這個故事正充分地展示出一個王子若然個性不佳，在他當上國王以後會鬧出許多問題。

這個故事相信大家都很熟悉吧！就是從前有一個國王非常愛漂亮，經常命令宮裏的裁縫替他造新衣裳。但日子久了，再優秀的裁縫都會江郎才盡。沒有新款的衣服可穿，國王十分氣憤。國王不單趕走了宮內的裁縫，更在街上張貼公告。公告上面寫着：「若能夠做出令國王滿意的新衣，即可獲得一大筆獎金」（恕筆者知識有限，對西方的歷史和政制不太認識。不過，如果在中國，這故事不太可能發生吧？在中國古代做皇帝也不是想做甚麼便能做甚麼。身邊可以影響他的家人就有太上皇、太后、王后等，朝廷內可左右他的官員就有宰相、尚書、諫官等……即使皇帝甚麼人的意見都不聽，他也會介意史官怎樣寫他吧？「頒發皇榜求新衣？」這是皇帝的 Mission Impossible 吧？）。

在公告頒佈以後，王宮的大門外每日都排着長長的隊伍。可是，每一位裁縫都是自信滿滿的樣子進入王宮，然後垂頭喪氣的樣子離開王宮。王宮內國王一件又一件地試穿裁縫帶來的新衣裳，可是沒有一件是他滿意的。他不是批評花色土氣，就是剪裁不好。總之，公告頒佈了好幾日，國王仍未見到一件讓他滿意的衣裳。有一天，王宮外忽然來了一高一矮的兩位裁縫，他們手上沒有新的衣裳，樣子卻是信心十足的。二人見到國王以後，說：「我們懂得一種魔法，能做出世上最神奇的衣服。」國王聽了當然非常高興。二人接着說：「這套衣服的顏色鮮艷無比，質料輕柔異常好比雲彩。」國王說：「這衣服聽起來確實漂亮，可是你們為甚麼說它是神奇的衣服呢？」二人回答說：「這衣服最神奇的地方是只有聰明人才看得見它！」「啊！」國王感到十分驚訝，說：「你們的意思是愚笨的人看不見這衣服，對嗎？」二人附和着說：「國王英明！所以我們才說它是一件神奇的衣服。」國王立即命二人着手製作那神奇的衣服，又給了他們一大筆錢以資預備材料之用。國王內心十分高興，心想：「太好了！只要我穿起那件衣服就可以用來分辨我的臣子哪個是聰明的人，哪個是不可靠的笨蛋！」（這個國家是如何選拔人材的呢？為甚麼國王要藉此去測試誰是笨蛋呢？國王你不是先確認了某人不是笨蛋才聘請他嗎？如果這衣服真有如此奇效，我保證你是第一個看不到的人吧！各位明白何以〈國王的新衣〉是筆者「有無可能呀？榜」榜上恆常地排第二的故事了吧！這故事不合理的地方太多了。(⊙ _ ⊙ )）

也許，故事有一個地方算是比較合理的。那就是國王害怕自己會看不到那塊神奇的布料。他心想：「如果我看不見那塊布料，豈不是告訴別人我是個傻瓜嗎？」於是國王就派出他認為是老實人的大臣去視察進度。當然，大臣懷着和國王同樣的疑慮去視察裁縫的進度。誰知當大臣到了裁縫的工作間時，他最擔心的事情發生了。他只見到看見一台空空如也的織布機，機上面不要說布匹，就連絲線也沒有。可是，與此同時，兩個裁縫卻

指着織布機得意洋洋地介紹那匹神奇的布。為了不被人當作傻瓜，所以大臣不停附和着裁縫去讚美那布。大臣回覆國王時，當然也對那匹神奇的布讚不絕口。心急的國王一再派不同的大臣去視察縫製的進度，結果每一次都發生一模一樣的事情，而每一個大臣回宮覆命時都在誇讚那件神奇的衣服（這些大臣的愚蠢可不是裝出來的。筆者小時候閱讀此故事時一直都不明白，神奇的衣服是愚蠢的人看不到罷了，沒有說過是摸不着的吧？！你們看不到它，總可以去摸一摸它吧？如果那件衣服設有袋口，你們叫裁縫放件東西進去也可以作為一種測試吧？又或者，作為一塊布料，它在濕透後總會有點分別吧？當時作為孩子的筆者都能想出多種辦法去驗證，你們這群大臣都是飯桶嗎？（￣口￣;）)。

# 人家都說是對的，我要跟嗎？

　　反思故事至今的發展，第一個被派出去的大臣可能確實是一個笨蛋。可是，第二個呢？第三個呢？難道所有在王宮裏辦事的人都是笨蛋嗎？（嗯……其實很有可能…… Σ(O_O;)）假設被國王委派去視察縫製進度的大臣總有一個不是笨蛋，為甚麼他們回去王宮後全都作出同一個報告——對「國王的新衣」讚不絕口呢？從心理學的角度來說，他們的行為可以用「從眾」（Conformity）這概念作出分析。「從眾」是甚麼意思呢？當一個人意識到自己與群體的行為、規範、價值之間存在不一致時，就會產生從眾情境；而當一個人不管自己是否願意都使自己的行為與群體的行為保持一致，這就是所謂的「從眾」[1]。根據現有的心理學研究所得，有兩種因素均可導致從眾的行為出現：信息性影響（Informational Influence）過程及規範性影響（Normative Influence）過程。

　　所謂「信息性影響過程」是指一個人希望在特定情境下，了解如何作出正確反應而有從眾的行為。例如，你與一大群友人到一間高級法國餐廳共進晚餐，那是你第一次到法國餐廳用餐，餐桌上擺放的一大堆銀餐具對你來說極為陌生。在這種情況之下，你多半會留心觀察其他人，然後跟隨他們去使用那堆銀餐具。至於「規範性影響過程」是指一個人希望被別人喜歡、接受、支持而有從眾的行為。又或者，從另一方面來說，那是一個人害怕因為與眾不同而受到排擠或遭處罰而從眾。例如，你因搬家的緣故到一所學校插班，班裏的人對你頗為友善，唯一的問題是他們為人幼稚，非常喜愛閱讀〈國王的新衣〉。你親眼看過有同學因為表達他不喜歡〈國王的新衣〉而被杯葛和排擠。某日，你的同學問你是否喜歡〈國王的新衣〉這故事。即使你不喜歡，你會如實地回答嗎？

關於從眾行為的研究，筆者不能不介紹阿希（Solomon Eliot Asch, 1907－1996）的實驗。阿希在 1956 年設計了一個實驗研究。在這個實驗中真正的參加者只有一個，但是自己並不知道。到了實驗室以後，參加者見到另外已有六至八個學生（研究員的同謀）呈半圓形坐好。在實驗開始之後，研究員會跟在場的人說明實驗的任務是要正確地判斷白板上右面的三條線哪一條與左面的標準線長度一致（如下圖）。研究員的同謀會按照事先安排好的情節行事，他們會在十八次的測試中有十二次將兩條顯然不同的線等同起來。這項實驗就是要看看參加者到最後是會堅持自己的決定，還是會從眾選一個錯誤的答案。研究所得顯示大約只有四分之一的參加者沒有從眾，保持了完全的獨立性。

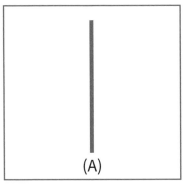

標準直線

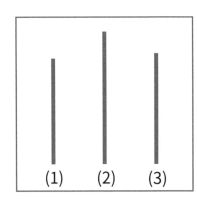

標準直線

從以上有關從眾的心理學研究來看，何以大臣們都眾口一詞地讚美「國王的新衣」呢？筆者認為那是出於從眾的心理。也許，部分是出於信息性影響：因為自己看不到，不知怎麼辦，所以便直接跟從其他大臣；也許，部分是出於規範性影響：即使本來想如實回覆國王，可是見眾同儕都說見到，於是便跟從同儕之說，以免日後被指責是標奇立異之輩。如此看來，大臣們似乎都難免受從眾壓力的影響而向國王說謊呢！

# 孩子都是純真赤誠的嗎？

　　故事繼續發展下去，國王自問一定不會比他的臣子愚笨，因此他的膽子就大了起來。他帶着侍衛浩浩蕩蕩地出宮親自視察裁縫的進度。到了裁縫的工作間，國王赫然發現所有侍衛都在讚美那匹布料的同時，自己竟然看不見它。國王嚇得冷汗直冒，擔心別人發現他看不見那布料。他只好硬着頭皮裝出滿意的樣子，又跟着眾人一起讚美那神奇的布料。國王賜給兩位裁縫許多賞賜，並敦促他們趕快把衣服造好。國王說他希望穿起這神奇的新衣在街上遊行，好讓全國的人民都看到國王的新衣，也藉此看看國民中有多少聰明人和笨蛋（你就是全國最笨的那個！假設這塊布料是真的，對愚蠢的人來說它是一塊透明的衣裳。又假設你的國民有七百五十萬人，一半人聰明，一半人愚笨。你知道當你穿起這件新衣遊行時，意味着甚麼嗎？意味着一個國王對着三百七十五萬人露體！你將會成為人類史上最著名的露體狂，永垂不朽！∑ (O_O;)）。

　　收到國王的命令之後，兩位裁縫立即勤快地「扮工」[2]。在旁人的眼中只見他們對着空氣扎手舞腳的忙個不停，可是，他們一時拿着大剪刀有模有樣地裁剪，一時又拿着針線架勢十足地縫製，誰都不敢置喙。終於在某一天，兩個裁縫聲稱已完成國王的新衣，並且要求見國王以便當面呈上這件神奇的衣裳。國王當然仍是甚麼都見不到，可是見到二人有板有眼地展示一件衣裳，國王只好繼續裝出很滿意的表情。兩個裁縫見狀，更進一步請求國王試穿新衣。國王聽從裁縫的話，把身上的衣服都脫了下來，只剩一條內褲，裁縫們便替國王穿上新衣。雖然國王完全感受不到那件衣裳，但為免被人知道他是笨蛋，他亦只好裝模作樣地誇讚新衣之美妙。穿上新衣以後，國王又重重打賞了兩位裁縫（天呀！國王真的蠢得不可救藥！筆者要再強調一次：騙子們只是說那是笨蛋看不到的衣裳，沒有說是笨蛋摸

不到的衣裳！怎麼你連穿衣時感覺不到布料也不說半句話？幸好你遇到的騙子仍算有良心，沒有叫你把內褲也脫去……）。

　　穿起這件新衣後，國王便立即宣召大臣來看。大臣們看見只穿着內褲的國王，大家都愣了一下。國王問他們新衣如何時，大臣們都同聲讚美。得到大臣們的肯定後，國王便得意洋洋地走出王宮（大臣們真的沒有人阻止他嗎？你們這樣不是坑你們的老闆嗎？ Σ(O_O;)）。一如先前所計劃的一樣，他走到街上 ~~露體~~ 遊行，向國民展示他美麗的 ~~裸體~~ 新衣。根據故事的描述，沒有人敢說出他們看到的是一位脫光了的國王，因為誰也不願意承認自己是個笨蛋。筆者則認為就算自己有信心不是一個笨蛋，那人也不會即場說些甚麼。為甚麼呢？那個 ~~露體狂~~ 人可是國王啊！那是個有權力隨便推人去砍頭的人啊！就算國王沒有說明他在試新衣，就算國王是明刀明槍地露體，國民都會讚他美麗吧？！

就在國王的「時裝展」期間，有一個小男孩跑出來並指着國王哈哈大笑。男孩說：

國王肚子大過鑼，樣子醜到跌落河。
不穿衣服似豬獲，除剩底褲嚇阿婆！
（嗯……以上的打油詩純粹虛構……）

男孩只是說：「哈哈哈！國王沒穿衣服，真丟臉！」國王即時意識到自己被騙了。事後，國王賞賜了男孩許多禮物，並誇讚他的誠實。有傳國王汲取了這次教訓，洗心革面要當個勤政愛民的好國王。故事結束。

在我們的文化認知之中，一般都會覺得小孩子是最純真的、最真誠的一群。當稱讚一個人真誠的時候，我們會說他有「赤子之心」。小孩子的品德都被我們捧上天了。可是，在心理學的研究裏，孩子真的擁有最良好的品德嗎？那麼，我們要先思考一下何為道德。著名的心理學家科爾伯格（Lawrence Kohlberg, 1927 — 1987）相信人的道德觀是習得的，而且道德發展在一定程度上取決於人的思維和推理能力的發展[3]。若將科爾伯格的理論加以解釋，則是未有能力辨識對與錯的孩子不可以算是有良好的品德。為了研究人類的道德發展，科爾伯格編寫了一些道德兩難的故事，並向不同年齡的兒童講述。他之後會問他們：「故事中的人應該怎樣做？」其目的是要了解兒童在不同的年齡階段會作出怎樣的決定，及其作出某決定之理由。最後，科爾伯格根據研究所得，將人的道德發展分為三個水平六個階段[4]，包括：

| 水平 | 階段 |
|------|------|
| **前傳統道德**<br>**Preconventional Level** | 階段一：愉悅痛苦導向 |
| | 階段二：成本收益導向 |
| **傳統道德**<br>**Conventional Level** | 階段三：「好孩子」導向 |
| | 階段四：法律、秩序導向 |
| **後傳統道德**<br>**Post-conventional Level** | 階段五：社會契約導向 |
| | 階段六：道德原則導向 |

• • • • • •

◆ **愉悅痛苦導向**

　　處於階段一的人只會考慮行為的獎勵和懲罰。他們並不關心其他人。

　　他們決定其行為的理由為——避免痛苦，避免被抓。

◆ **成本收益導向**

　　處於階段二的人在道德推理中首次出現「他人視角」的意識。他們雖然還是關心行為的後果會導致怎樣的獎勵和懲罰，但是他們會通過滿足他人的利益來尋求自己的利益。

　　他們決定其行為的理由為——獲得獎勵或互惠的利益。

◆ **「好孩子」導向**

　　處於階段三的人主要關切是尋求社會承認和讓每一個人都開心。決策是基於人際關係的，而非基於原則。

　　他們決定其行為的理由為——被接受，避免不被接受。

### ◆ 法律、秩序導向

處於階段四的人主要考慮是維持社會秩序是最重要的。他們往往會在回答中強調法律、規則、政策、承諾和對於權威的尊敬。

他們決定其行為的理由為——遵守規則，避免懲罰。

### ◆ 社會契約導向

這一階段的思維強調規則和法律是具有彈性的，可以通過社會共識和立法來加以改變。處於階段五的人強調的是公平，而不是前一階段的盲目順從。

他們決定其行為的理由為——促進所在社會的福利。

### ◆ 道德原則導向

在這一階段，個人會將決策建立在適用於任何情況下任何人的普適良知原則。這些原則往往是抽象的、普遍地適用的，通常關乎尊嚴和個人的價值，而不是像十誡那樣的具體規則。

他們決定其行為的理由為——追求正義，符合個人道德原則，免受自我良心譴責。

根據科爾伯格的研究，階段一和二是幼兒和違法者的典型特點，階段三和四是大孩子和大多數成人的特點，而大約只有 20% 左右的成人可以達到階段五和六。由此看來，故事中揭穿國王根本沒有穿衣服的孩子，他出言揭穿的動機並不是誠實，而是純粹嘲笑。

# 註釋

[1] Coon, D. 著，鄭鋼譯：《心理學導論——思想與行為的認識之路》，頁 752。

[2] 粵語「辦」與「扮」同音。

[3] Coon, D. 著，鄭鋼譯：《心理學導論——思想與行為的認識之路》，頁 128。

[4] 在津巴多、格里格著的《心理學與生活》後傳統道德水平還有第七階段。該階段為「普遍道德導向」，其道德行為的理由為堅持普遍性原則，感到自己是宇宙的一員，超越社會規範的指導。詳見：津巴多、格里格著，王壘、王甦等譯：《心理學與生活》，頁 321。內文三個水平六個階段的資料則參考了：津巴多等著，王佳藝譯：《普通心理學》（北京：中國人民大學出版社，2008 年），頁 145-146 及 Coon, D. 著，鄭鋼譯：《心理學導論——思想與行為的認識之路》，頁 129-130。

# 後記

多謝讀者們對本書感興趣，並願意翻至此頁。每次一本書的出版其實都不簡單。由構思、與編輯朋友溝通、出版社內部商討、決定支持書籍出版，再到撰寫、寫作的過程向編輯朋友請益，希望獲得一些意見寫得吸引一點，當中真的非一人之力可以完成。筆者希望在這裏向中華書局的副總編輯黎耀強先生和編輯郭子晴小姐表達謝意，謝謝他們把此書推薦予非凡出版。筆者非常感謝非凡出版的洪巧靜小姐，在寫作的過程中筆者多次向她請教，她給予了筆者不少意見。以上幾位朋友都是本書能夠面世的重要支持，筆者心裏由衷的感激。

這本書對筆者來說是一項新的嘗試。如果讀者你因為讀過筆者其他書而認識筆者，大概會知道筆者一向是寫恐怖題材的書籍。由《香港都市傳說全攻略》《鬼王廚房》《香港都市傳說大百科》到《完全鬼故事寫作指南》，筆者寫恐怖故事寫了三年。加上筆者的名字與一位非常著名的靈異節目的 DJ 只差一個字，朋友都開玩笑地戲稱筆者為「鬼王聰」。今年甫一構思好這本書，寫好了樣板章節和目錄初稿後，我便高高興興地向我的編輯朋友說：「哼哼！我今次不是寫鬼故事了！」由於筆者一直都有一個願望──那就是希望女兒們在做閱讀報告功課時可以用她們爸爸寫的書，因此這本書就向童話故事進發了。

因為這是筆者的新嘗試，之前都沒有甚麼寫童話故事的經驗。因此，筆者在寫作的時候，間中都會請老婆大人看看筆者的稿件。看見她在閱讀時忍不住笑的時候，筆者心裏很高興，似乎她也蠻喜歡吧！誰知在某一天，她在閱讀筆者的稿件時忽然說：「那些故事經你手演繹過後，的確是

蠻好笑的。不過，怎麼你寫出來的童話故事比鬼故事還要恐怖？」筆者的
願望和心情在那一刻簡直如墜深淵……唉！這本書還是先不要給女兒們看
吧……只好繼續努力筆耕，希望將來終有一日能夠願望成真吧！

　　回想起來，其實筆者會用這種手法去講故事，也是因為女兒們之故。
在講解筆者如何講故事之前，筆者不得不借個機會讚一讚老婆大人。在家
事上，她確實是一位賢內助。平日，筆者除了工作、研究和寫作之外，就
只會煮飯和做點家務，大部分的家事都丟給老婆打理（曾在與學生聊天時
發現，筆者在他們眼中是個典型的「技術宅」[1]。天啊！（≧дﾟ≦ヾ)）。筆
者到了這個年紀，水、電、煤、電話、上網費等一次都沒有處理過……
自己家中以至爺爺奶奶家中物資的購置、一切費用的繳交、女兒們的照顧
和教育等主要都是老婆大人在操心。提到女兒們的教育，她為了培養她們
的閱讀習慣，把家裏變成一個兒童圖書館似的。她的策略是成功的，現在
當女兒們百無聊賴的時候，他們都會習慣性地拿起書本來解悶。這當然是
一樁好事。可是，作為常跟她們講故事的人，這無疑是令筆者的「講故工
作」更加艱難。每每當筆者胸有成竹地想向女兒們講一個她們會感興趣的
故事時，她們都會跟筆者說她們已經知道那故事了。那麼，筆者只好別出
心裁，多用些「另類」的手法去演繹那些故事。例如，講到〈馬謖拒諫失
街亭，武侯彈琴退仲達〉的故事時，筆者這樣跟女兒們解釋諸葛亮的成功
之道：「這個故事教會我們：越是揸流攤[2]，就越要氣定神閒。」又例如，
在講〈上方谷司馬受困，五丈原諸葛禳星〉的故事時，筆者問女兒們：「為
甚麼諸葛亮借命會失敗呢？這跟魏延無關，實在是因為他自己的信貸紀錄
太差。如果你們有個朋友，從早到晚甚麼都問人借。現在他問你們借錢，

你們借不借？」女兒們異口同聲答：「當然不借！」筆者繼續說：「你們看看諸葛亮，他一生都在借。問曹操借箭、仲冬時節借東風、教劉備借荊州……『劉備借荊州』更是有名的『一借無回頭』。現在他又問上天借十二年命，若我是天神，我都不借給他吧！」

為了女兒們，筆者就是這樣練成了「另類故事演繹手法」。現在筆者看故事跟別人看的總是不一樣。別人看灰姑娘的故事，焦點在女主角飛上枝頭變鳳凰之喜；筆者看灰姑娘的故事，焦點在男主角身為王儲卻荒淫無道之憂。別人看白雪公主的故事，焦點在女主角在不幸中存活下來的快樂；筆者看白雪公主的故事，焦點在女主角嫁給戀屍癖王子的隱憂。別人看青蛙王子的故事，焦點在女主角身旁忽然出現英俊王子之驚喜；筆者看青蛙王子的故事，焦點在男主角有可能對女主角其實懷恨在心之驚嚇。不過，讀書就是有這樣的樂趣，一個故事要怎樣詮釋和理解完全是讀者個人的事。你與書本間的連繫是天底下最富幻想、最自由，又最具私隱的關係。心無旁騖的閱讀就好像讓你的心靈去一次旅行一樣。

雖然這本書筆者是為女兒們而寫的，但也是送給各位讀者們的。在2022 年撰寫此書時，世界仍然受新冠病毒的困擾。在這種傷痛氣氛下，筆者希望本書能為大家打打氣。筆者希望藉此書把讀者們的心靈帶到童話故事的世界裏。讓大家放下一切的拘束，在這幻想的世界裏散散步。在只有你與此書的旅行中，你可以任由自己用嬉笑怒罵的心態，取笑嘲諷這世界裏的一切。希望各位可以藉此書調劑一下自己的心情。祝福各位身心健康。

[1] 根據網路上的定義，「技術宅」專指善於鑽研各種知識和技術而忽略社交的人。這些人並不會把社交放在心上，只對鑽研知識技術樂此不疲。

[2] 「揸流攤」是粵語詞，原指賭番攤時的行騙手法，現在引申為弄虛作假的意思。

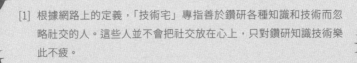

# 王子公主診療所
# 童話
# 心理學教室
*Reading fairy tales with psychologists*

| | |
|---|---|
| **責任編輯** | 洪巧靜 |
| **裝幀設計** | 黃梓茵 |
| **排　　版** | 陳美連 |
| **印　　務** | 劉漢舉 |

**出　　版**
非凡出版
香港北角英皇道 499 號北角工業大廈 1 樓 B
電話：（852）2137 2338
傳真：（852）2713 8202
電子郵件：info@chunghwabook.com.hk
網址：http://www.chunghwabook.com.hk

**發　　行**
香港聯合書刊物流有限公司
香港新界荃灣德士古道 220-248 號荃灣工業中心 16 樓
電話：（852）2150 2100
傳真：（852）2407 3062
電子郵件：info@suplogistics.com.hk

**印　　刷**
美雅印刷製本有限公司
香港觀塘榮業街六號海濱工業大廈四樓 A 室

**版　　次**
2022 年 7 月初版
©2022 非凡出版

**規　　格**
32 開（210mm x 148mm）

**ISBN**
978-988-8807-77-2